中公文庫

ＣＡドラゴン

安東能明

中央公論新社

ＣＡドラゴン

1

寒波が街を襲っていた。

降り積もった雪が路肩を覆っている。見上げる摩天楼の先は、厚い雲に覆われて見えない。

ニューヨーク五番街午後八時。

男が三日がかりのヒッチハイクの末にたどり着いた大都会。

方向感覚がいまひとつ、つかみきれない。

ミリタリージャケットを通して、冷気が染み渡ってくる。

ラジオシティ・ミュージックホールの角にある屋台で、ホットドッグを注文する。茹でたソーセージを冷たいパンに挟んだだけだ。それでも、空きっ腹にはこたえられない旨さだった。

セント・パトリック大聖堂でひと息入れて、外に出る。目当てにしているものは、なかなか見つからない。気がつくと路地に足を踏み入れていた。

暗い。街路灯の光が届かない。歩道の向こうから、三つの影が忍び寄ってくる。三人とも、頭からすっぽりとフードをかぶり、手をポケットに突っ込んでいる。

でっぷりした大柄な黒人が、正面に立ちふさがった。アフロヘア。牛の鼻輪のようなリングをつけている。右手にはスキンヘッドの白人。細身だ。耳に稲妻の形をしたイヤリングを垂らしている。左には、小柄で目の細いコリアン系の男が薄笑いを浮かべていた。等間隔に距離を開けながら、取り囲まれる。

「お兄さん（ボーイ）、どこへ行くんだ？」

目の前の黒人が口を開いた。低い声だ。

疲れていた。相手にする気にはなれない。

前に進もうとした。

スキンヘッドがぴったりと張りついてくる。

「聞こえないのか？」

強烈な口臭とともに呼びかけられた。

ドラッグを入れているためだろう。青い目が血走っている。

ジャケットの胸ぐらをつかまれる。

男は右腕をスキンヘッドの胸元にあてがった。軸を固定し、水平に押し込んでやる。

操り人形のように、スキンヘッドがその場にへたりこんだ。

「くそ(シット)」

かわって黒人に肩をつかまれる。ほどこうとしたが、接着剤で固められたように黒人の手は離れなかった。そのまま、ビルの壁に両手で押しつけられた。

「ほんとうに聞こえないようだな」

これが最後と言わんばかりに黒人は脅しにかかる。

ビルに張りつけられた男は、頭ひとつ分低くて華奢(きゃしゃ)なように見える。しかしそれは外見だけだ。炯々(けいけい)とした目で黒人の顔を見上げ、ようやく口にした。

「カーク船長はどこにいる?」

黒人の目が点になった。わけのわからぬ顔で、立ち上がったスキンヘッドと顔を見合わせる。

「カークって、スタートレックのよぼよぼ爺(じい)か?」

スキンヘッドがしゃがれた声で訊(き)いた。コリアン系が黙って見ている。

「それしかない」

ぼそりと男が答えた。

黒人が喉(のど)の奥から、つまったような笑い声を発した。

「ふ、ふ、ふ……おまえ気は確かか?」

「さっきから探しているんだが、見つからない」

ふたたび男が言った。

ニューヨークの五番街には、スタートレックの塑像がある。ヒッチハイクで乗り合わせた運転手の誰かが言った。

「日本人か?」黒人が強く押してくる。「モンキーにはかなわねー」

日本人と呼ばれた男は両腕で、黒人の肘をつかんだ。

テコの要領で右回転させる。同時に身を横に移動させた。

黒人はあっさりと腕を外され、壁に上体を打ちつけた。

ふりむいた顔に、炎のような怒りがにじんでいた。

凍った路面に風が吹き抜け、地吹雪が舞い上がる。

「ひでえ寒さだ」スキンヘッドがつぶやいた。「さっさと片づけよう」

それを聞きつけたコリアン系が、手に帯びた光るものを見せつける。

バタフライナイフだ。

「やめておけ」

ぴしゃりと男が言った。

コリアン系は口元を引きつらせ、細い目でにらみつけた。

猫背になり、低い体勢でナイフを水平に構え、突っ込んできた。

すでに半身に構えていた男は、両腕を前に差し出した。右手で相手の手首をつかみ、左手を肘にあてがった。

コリアン系が引き下がろうとしたので、左足を一歩前に踏み出す。その腕をつかんだまま、身を低くして腕の下に左肩を入れた。

そこを支点にして、関節を決める。

あっけなくバタフライナイフが落ちる。

遠くへ蹴った。排水溝に落ちる音がする。

日本人と呼ばれた男は、奇妙な姿勢をとった。

全身の力を抜き、握りしめた両手の拳を腰まで引き上げた。左足を一歩進めて、防御の姿勢をとる。

異星人でも見るような顔で三人が目をしばたたいた。

コリアン系がたまらず右パンチを繰り出してきた。

男は頭をカバーしながら、前方に動いた。伸びきった相手の腕を抱え込み、振りかぶるように頭突きをかました。コリアン系がもんどり打って倒れ込む。

硬いものが背中に押しつけられていた。気配で拳銃とわかった瞬間、素早くその場で回転した。相手の持つ銃をわきに抱え込みながら、抱きついた。

屈み込んで相手を腰に乗せる。そのまま凍った路面に放りだした。素早く銃を握りしめた関節を決めてやると銃が落ちた。拾い上げてポケットに入れる。

コリアン系がしゃにむに突っ込んできた。

すきだらけだ。これ以上つきあいきれない。

男は体重を右足に乗せた。間合いをはかりながら跳躍する。宙にとどまったまま、後方に回転した。コリアン系が正面に来た。その瞬間、右足を高くふり抜いた。

コリアン系の顔面に右足裏がぶち当たる。着地しながら、なおも右拳で相手の横腹を突いた。

この間、一秒にも満たない動き。

コリアン系が白目をむき、雪の中に倒れ込んだ。

大柄な黒人が、手品を見るような顔付きで呆然と立ち尽くしていた。

倒れているふたりを見て、ふと気づいたように、奇妙な動きをする日本人に目を戻した。憤怒と困惑のない交ぜになった顔が、赤く腫れ上がっていた。

両手を広げ威嚇するように一歩ずつ、距離をつめてくる。

息を吸い込んだかと思うと、重たげなパンチを繰り出してきた。

ステップバックしてかわす。

幽霊でも相手にしているかのように黒人がひるんだ。

それからの男の動きは、合気道とも中国の武術ともつかないものだった。

半身になり低く構えた男に、黒人は右フックをみまった。

難なくそれをかわした男は、黒人の懐に入った。左手を喉元にあてがう。海老反りになった巨体の膝元に、自分の左膝を差し込んだ。左手を伸ばしきってやる。単鞭の動作だ。黒人があっけなく尻餅をついた。

恥をかかされたように、黒人はふたたび立ち上がり、向かってきた。

「しまいだ」

男は声をかけたが、黒人の耳には届かなかった。

右ストレートを叩き込んでくる。

ぎりぎりまで我慢して、懐に飛び込んだ。左手で腰をつかみ、真下から黒人のアゴに向かって掌底を突き上げた。

うめき声が上がった。バランスを崩しながら、仰向けの姿勢で倒れ込む。もう一度、掌底を叩き込んだ。黒人は頭から路面に落ちていく。

後頭部が路面に当たる鈍い音がした。衝撃でかっと目を開いたまま、黒人はぴくりとも動かなくなった。

軽い脳震盪を起こしているが、命に別状はない。

倒れた三人をふりかえらず、日本人と呼ばれた男はそこを離れた。

路地奥にあるごみ箱に拳銃を捨てる。

どこからともなく低い音が聞こえた。建物が震えだした。生暖かい空気とともに、地下に通じるダクトから湯気が噴き出た。

　地下鉄が通過していく騒音を聞きながら、注意深く路地の先を見やる。

　少しばかり動いたせいで体が温かくなってきた。それでも一晩中、戸外にいるわけにいかない。今晩のねぐらを探さなくては。

　財布には百ドル紙幣が一枚と、硬貨が二、三枚入っているだけだった。それでも不思議と不安は感じなかった。

　行く手の薄汚れたビルの軒先に、ようやく安ホテル(ドミトリー)のネオンサインが見えてきた。

2

「ロン、起きてください」

　アンバーの甘い香りが鼻先に漂い、矢島達司(やじまたつじ)はNY時代の夢から覚めた。

　艶(つや)を帯びた切れ長の目が覗きこんでいる。

「宮木(みやぎ)様から緊急のお電話です」

　豊満な根岸麻里(ねぎしまり)の胸元が垣間(かいま)見え、ベッドから身を起こした。

　壁時計は午前零(れい)時を五分回っている。

「武蔵(むさし)医科大学の田上(たがみ)研究室に賊(ぞく)が侵入しています」

　麻里が事務的な口調で言う。

「田上研究室？」

「ウイルスを研究をしているようです。それ以上は不明です」

「わかった」

矢島はベッドを離れ、隣室に入った。

「サポートチームは要りますか？」

壁越しに麻里が問いかけてくる。

「まかせる」

「報酬ですが来る英国首相の——」

「あとで聞く」

ワイシャツの上から、ビジネススーツを羽織る。ノータイだ。武器の中からベレッタM92FSを選び、実弾を装塡する。

「気をつけて」

麻里の声を背中で聞きながら、エレベーターでビルの地階に降りる。ランドクルーザーに乗り込み、スタートボタンを押す。4・6リッター直列エンジンが唸るような音を上げた。

身長百七十八センチ。長めにカットした髪。筋肉質の体を深々とシートに押しつける。一気に地上へ出た。

矢島のランクルをみとめたパトカーが目の前に滑り込んでくる。先導されるまま、北新宿方面へ流した。信号が連続して青になる。矢島のクルマを通すため、小滝橋通りは、一般車の通行が遮断されていた。

通信系システムを全方位でオープンする。警察無線や消防無線が入り乱れた。沼袋方面に緊急配備がかけられている。

カーナビに、警察庁から送られてきたデータが表示された。

〈到着予定地　中野区新井三丁目　武蔵医科大学
田上研究室　ヒトがんウイルスの研究を標ぼう。ワクチン奏効の免疫学的記憶に関する研究。　警察庁　宮木〉

半白髪のほっそりした男の顔が映っている。田上教授とある。

ネオンが消えかかる暗い通りに目を移す。

がんワクチンの研究？

私大の研究室にどうして賊が押し入る？

浮かんだ疑問に答えるように、スピーカーが無機質な声を発した。

「どれくらいで着ける？」

警察庁長官官房審議官の宮木雅夫(まさお)だ。

「十分弱。PC(パトカー)の腕次第になる」

「急いでくれ。相手は武装しているようだ」

「何人？」

「少なくともふたり」

「武器は？」

「拳銃。サブマシンガンの携行情報も入っているが未確認」

「人的損傷は？」

「ガードマンの応答がない。侵入時、かなり大きな音をたてたようだ」

「ほかには？」

「研究者はすでに帰宅している。研究所内に残っている人間はいない模様だ」

「で、何をしてもらいたい？」

「とりあえずは、賊の確保」

「盗まれたブツの確保」

「逃げた場合は？」

「ブツ？」

「追って連絡する」

宮木の声がやんだ。

新井交差点から中野通りを北進する。二百メートルほど走ると、パトカーが左に寄った。その横を通過する。進行方向にクルマはない。

モニターに目的地が映る。五百メートルほど北西。

平和の森公園の南側だ。ショートカットする道を選んだ。

窓を全開する。五月の夜風が吹き込んできた。

静まりかえった住宅街の路地だ。それを切り裂くように、甲高いエンジン音が伝わってくる。

右手に広い駐車場がある。停めてあるクルマは数台足らず。

そこに黒い塊が進入してきた。ヘッドライトを消している。

ななめに横切ろうとしているのだ。

矢島は急制動をかけ、ハンドブレーキを引いた。ランクルがテールをふり、車道をふさぐ形で停まった。

運転席の二時方向から黒い影が接近してくる。こちらを意識している。

瞬時に運転席を離れ、助手席に移った。身を丸め、衝突の衝撃に備える。

圧迫された空気が流れ込んできた。歯を食いしばる。

ワゴン車が側面を見せながら突っ込んできた。エルグランドだ。

バリッ――
金属音とともに、車体が傾いた。
エルグランドは、バウンドするようにランクルの右手で停まった。
正面衝突は避けられた。固まった全身の筋肉がほぐれない。
エルグランドの中に見える人影は三つ。
運転席と助手席、バックシートにひとりだ。
手をふり、罵倒（ばとう）し合っている。
――こいつはだれだ（ナースシゥイ）
――警察か（ジィンチアマ）
北京（ペキン）語が聞きとれた。片方は福建（ふっけん）なまりだ。
後部シートから手が伸びた。黒光りする銃身が目に入った。
火を噴くと同時に矢島はふたたびシートに倒れ込んだ。
至近距離からの銃声が立て続けに五発。
防弾ガラスがへこみ、亀裂が走った。
カッと全身が熱くなった。いきなり撃ってくるとは。
エンジン音とともに、タイヤをこすりつける音が尾を引いた。
その場でエルグランドは一回転した。尻を見せ、ランクルの前を走り出す。

矢島は身を起こし、ハンドルをつかんだ。その場で切り返す。それだけで、ゆうに百メートル引き離された。

ギアをSポジションに入れ、アクセルを踏み込んだ。

シートに押しつけられる。

またたく間にエルグランドに追いついた。道がせばまる。

追い抜けられない。

エルグランドの後部から銃身が見えた。鈍い銃声が連続した。

一発が防弾ガラスに当たって跳ね返された。

住宅街を走りきる。薄暗い中にエルグランドはなだれ込んでいく。

公園わきの遊歩道だ。縁石にぶつかり、跳ねるように進む。

ハンドルをきつく握りしめる。ランクルは軽々と縁石を乗り越えた。

木立の中をエルグランドは脇目もふらず、突進していく。

人家が消えた地点に到達した。ゆるいカーブだ。

矢島はホルスターからベレッタを引き抜いた。

窓から前方に突きだす。

エルグランドの後部座席に銃口を向けた。グリップをホールドし、照準する。

引き金に指を当てる。

トリガーを一気に引いた。

たちどころに三連射。

ダブルアクションだ。スライドは引かない。

エルグランドの後部ガラスが粉々に砕け散った。

男らが頭を低くして弾をよける。

全員、無事だ。

後部シートから応射があった。めくら撃ちだ。ランクルの特殊耐弾ボディーに跳ね返る。

エルグランドは加速した。勢いがつきすぎて、鉄柵に横腹をこすりつける。

古い型だ。

モニターを一瞥（いちべつ）する。遊歩道の先は妙正寺（みょうしょうじ）川が流れている。

左手の住宅街が川岸に向かって先細るようにせばまっていく。その先は鋭角の行き止まりだ。追いつめた。

そう思ったとき、下り坂になった。エルグランドが一気にスピードを上げる。

すぐ先にコンクリートの護岸壁で固められた川が見下ろせた。

昨日の豪雨のせいで、黒々とした水流がとぐろを巻くように流れている。

一抹（いちまつ）の不安がよぎった。

どうする気だ……。

なぜ、スピードを落とさない。

川に沿って続く狭い道がある。あそこにむりやり入る気だ。

ぐんぐん、川が近づいてくる。五十メートル足らず。

エルグランドは、加速したまま、身をよじるように左を向いた。

一般道との境にある縁石に乗り上げた。右後輪が地面から浮いた。

コントロールできず、エルグランドは欄干(らんかん)に突き刺さった。金網だ。

なんなくそれを突き破った。

スローモーションのように、車体が水平を保ったまま、宙に浮かんだ。

そのままの姿勢で、三メートル下を流れる濁流に落ちていく。

矢島は思いきりブレーキを踏んだ。

かろうじて、破れた金網の前で止まった。

水しぶきとともに、エルグランドが川面にはまった。タイヤから下が水没した格好で、流されていく。

矢島はランクルから降りて、欄干に寄った。

街路灯の明かりが照りつける川面を注視した。真っ茶色に濁った流れの中、エルグランドは半分ほど車体を浮かせたまま流れていく。

そのとき、助手席側の窓から、男が飛び出た。プラスチック製の青いボックスを抱えたまま、流れにはまり込む。釣りに使うタックルバッグのようだ。後部座席からも男が脱出した。

男たちが必死で泳ぎだした。エルグランドは少しずつ沈みかけている。

行く手に橋が近づいてくる。その下を過ぎると、天井部分だけを浮かしたまま、暗い闇の中に消えるのを見送るしかなかった。男たちの行方もわからなかった。

3

武蔵医科大学構内。

銀杏（いちょう）並木の奥手は物々しい赤色灯（せきしょくとう）であふれかえっていた。

田上研究室は医学部の講義棟から離れた単独棟だ。

煌々（こうこう）と明かりがともった中、制服姿の警官らが走り回り、現場の封鎖にかかっている。

透明なガラス戸の玄関は跡形もなく、見るも無惨に破壊されている。

さきほどのエルグランドが頭から突っ込んでいったのだ。

矢島はガラスの破片だらけの玄関先を見やった。

ぶ厚い扉に五十センチ大の穴がぽっかりと空いている。電動ドリルを使って穴を開け、ハンマーで叩き壊した跡だ。

手荒い。

エルグランドの三人男について思った。あの中国人らの仕業にちがいない。爆窃団か。

リノリウムの床に点々と血痕がついている。

捜査員のあいだをぬって、あとをたどる。半開きになったドアがあり、血痕はその中へ続いている。

ラボのようだ。

覗きこんだところに、制服を着た男が仰向きで倒れていた。

大柄だ。ガードマンのようだ。

厚い胸板に空いた銃創から、とくとくと血が流れていた。絶命している。

拳銃を握ったままだ。短い銃身。シグ・ザウエルＰ２２０。

自衛隊員か？

Ｐ２２０は自衛隊の制式拳銃のはず。

自衛隊員だとしたら、どうしてこんなところにいる？

煌々と明かりがともった部屋を見渡した。

大きなふたつの部屋が内部でつながった構造だ。

ずらりと並んだ実験台の上は、割れたビーカーや顕微鏡が散乱している。測定機器類までも床にうち捨てられている。実験器具の散乱する先。培養チェンバーの手前でも人が倒れていた。血の海だ。薄いガウンを羽織っている。

矢島はしゃがみ込んで確認した。うつむいて倒れている横顔に見覚えがある。

田上教授にまちがいない。

ここに住んでいるのか？

こちらも命はない。横腹に深々とナイフが刺さっている。

「教授は施設内に寝泊まりしていたようです」

先着していたＳＡＴ（警視庁特殊急襲部隊）の松堂(まつどう)警部補が言った。がっしりした体格だ。矢島をサポートする中隊のリーダーだ。あだ名はマツバ。

「あ、ご苦労様です」マツバは死体から目をそらした。「矢島さんが追いかけていったエルグランドが、一キロほど下流で見つかりました」

「ロンでいい。どこで？」

「下流にある五つ目の橋で。引き上げたところ、後部座席に男の溺死(できし)体があるそうです。ほかのふたりは見つかっていません。犯人は中国人とみてまちがいないですか？」

マツバに訊かれた。

矢島は北京語となまりのある福建語の会話を聞いたと説明した。

「ここの出口を壊した手口から見ても、爆窃団ですね？」

店舗の壁に油圧ジャッキや電動ドリルで穴を開け、貴金属を根こそぎ奪っていく中国人強盗団だ。中国に拠点を置き、短期間に国内外を出入りするヒット・アンド・アウェイ方式で犯行を繰り返す。日本で流行ったのは二十年以上も前だ。

「そう見ていいだろう。しかし連中は、何を盗んでいったんだ？」

矢島は訊いた。

「わかりません。金目のものなど、ないはずなのに」

「ウイルスでしょうか？」

「そんなもの盗んで、どうする？」

そこに、細身の若い捜査員が入ってきた。同じくＳＡＴに籍を置くケン、こと田代健太巡査部長だ。

矢島はケンから差し出されたビニール袋を受けとった。

「エルグランドで死んでいた男のポケットにあったものです」

中には水に濡れた財布やレシートなどが入っている。財布の中身を見ると、写真入りの学生証があった。青森国際大学のものだ。

〈黄建人〉

中国出身の男で二十二歳〉

中国人留学生を大量に受け入れている大学だ。留学生たちの多くは学校に通わず、アルバイトで金を稼ぐ。偽装留学の受け皿になっている悪名高い大学だ。
レシートに店名が刻印されている。聞いた覚えがあるキャバクラだ。新宿にある。
矢島は床に散らばった機材をよけて、細胞培養室に入った。
低い音を立てる大型冷蔵庫がある。ここで作られたウイルスが保存されているはずだ。
開けると恐ろしい冷気が顔に降りかかった。思わず顔をそむける。
空だった。床に割れた試験管が落ちている。拾い上げてラベルを見た。
Ｈ５Ｎ１ｋ６
とある。
Ｈ５Ｎ１は鳥インフルエンザのウイルスの正式名称のはず。
ここはヒトがんのウイルスを研究しているのではないか。
矢島はそれをポケットにしまい、培養室を出て部屋を見渡した。
ひどい。賊は手当たり次第、壊していった。
ここまでする必要があるのか。何が目当てだったのか。
やはりウイルスなのか？
だとしても、なぜ？
ドア近くにあったはずのガードマンの死体が見えない。
目の錯覚ではない。消えている。

そこまで戻った。

生々しい血の痕が残っている。

息を吹き返して運ばれていったのか？　救急隊員はまだ到着していないはずだが。

廊下に出て、二階に上がってみた。セミナー室と教授専用の部屋がある。

どちらも機動隊員がガードしている。制止をふりきって、ドアノブを回した。

鍵がかかっている。ここまでは賊も侵入していなかったか。

一階に戻ると、廊下も部屋も機動隊員であふれていた。

サポートチームはいなくなっていた。

いったん、建物を出た。

施設前で機動隊員らが入り口を封鎖している。

捜査一課の連中が建物に入れないで、右往左往している。

奇妙に思い、小型無線機のイヤホンを耳に差し込んだ。全チャンネルに合わせてみる。

これだけの事態が起きたのに、警察や消防無線は沈黙している。

銀杏並木には、機動隊のバスが縦列駐車していた。ものものしい警戒ぶりだ。

あらためて見る田上研究室棟は、いっぷう変わっていた。

医学部の講義棟と臨床講堂のビルに取り囲まれ、一般は立ち入り禁止のエリアにある。

病院の中だから、救急車が来る必要はない。ガードマンは直接、救急病棟へ運び込まれたのだろう。

　大学病院は並木を抜けたところにある。救急搬送口の前にも機動隊員が立っていた。

「田上研究室の者だが、入れてくれないか？」

「だめです。何人たりとも通すなと命令されています」

　どこからか、新たな指令が出ているようだ。

　矢島は長居しないで、銀杏並木を引き返した。

　スマホをとりだし、雇い主に電話を入れた。相手はすぐ出た。

　事情を説明し、もう一度研究施設に戻りたいと要請した。

「無理だ」

　宮木は答えた。

「どうして？」

「官邸からストップがかかった」

　……官邸から？

「ガードマンは自衛隊員か？」

「答えられない」

「情報がないのか？　それとも、答えられない事情があるのか？」

「どちらでもない」

微妙な言い回しにきな臭いものを感じる。

「川に落ちたエルグランドは所轄署に運んだか？」

「署にはない」

「溺死した男以外に、逃げた男がふたりいるはずだ。見つかったか？」

「まだだ」

「死者が出ているんだ。こっちも発砲した」

「住民にはパンクの音だと説明している」

埒があきそうになかった。

「こっちもクルマをやられた」

「修理代を請求してくれ。この件は終わりだ」

「ブツはいいのか？」

「ミッションは終わった。言ったはずだ」

「どうかな」

相手が息を呑む気配が伝わってきた。

「矢島、聞いているのか？」

「聞こえている」

「勝手に動くな――」

相手が言い終えるまえに、オフボタンを押した。

警備会社社長の肩書きを持つ矢島だが、その実、警察庁と契約しているＣＡ（コントラクト・エージェント）だ。

仲間内での呼び名はロン。

中国残留日本人孤児二世だ。

折り返し、電話はかかってこなかった。

矢島は漆黒（しっこく）の夜空をながめた。

ほんの一時間足らずのあいだに、銃撃を受けたクルマは川にダイブし、血みどろの死体がふたつ転がっていた。しかも、そのうちの一体は消えてしまった。

事件を探るべき警察当局は早々に手を引きかけている。

深い川のふちに立っているのを感じる。見えない底で、どす黒い渦が巻いているはずだ。昏（くら）く重いものがのしかかってきていた。はねのけるためには、動くしかない。みぞおちに力がこもった。長い旅に出る前に感じる、あの独特な緊張感が矢島の体を覆っている。

しかし今回のそれはこれまでとは比べものにならないよう感じられた。

停めてあったランクルに乗り込み、エンジンをかけた。アクセルを押し込む。血が騒いでいた。

4

新宿歌舞伎町(かぶきちょう)二丁目。
新大久保(しんおおくぼ)にほど近いラブホテル街の一画にクルマを停める。
午後十一時ちょうど。歌舞伎町の夜が熟(う)れはじめる時間帯だ。
土地の形状そのままの、三角形のいびつな形をしたビルの前に来た。
中国語で呼びかけている男を見つけて、矢島はそれに応じた。
「遊んでいく？」
三階までエレベーターを使う。
『夢追人(ゆめおいびと)』
黄建人(ホアンジィエンレン)の持っていたレシートの中国人専用のクラブだ。
扉が開くと、けたたましいディスコサウンドがあふれた。
水着しか身につけていない女たちが、ダンススペースで腰をふっている。
その数、ざっと百人。
呼び込みの男に万札を渡し、空いた席を独り占めする。
男たちが女たちに群がり品定めをする様子を見やった。
女たちが盛んに媚(こ)びを売っている。

そのうちのふたりをピックアップし、黒服に声をかける。

黒服はワイヤレスイヤホンに早口で言葉を吹きかけた。

「はーい、三番と十二番、D席にゴー」

エコーのかかったアナウンスが響き渡った。

女がふたりやってきた。

「リリですぅ」

長髪の卵形の顔をした女が矢島にまたがり、すっとブラジャーを外した。

紡錘形(ぼうすいけい)の乳房が矢島の目の前でゆれる。

「お客さん、はじめてー?」

「二度目。リリは新人?」

脇にいる中国女も半裸になり、腕をからめて体を密着させてくる。

「わかる? おととい、日本に来たばかりよー」

うそを並べ立てながら乳房を顔に押しつけてくる。

「そりゃ新鮮。もぎたてのフルーツだ、くんくん」

「ひゃ、くすぐったいよー」

矢島は女の顔を見やる。「ところで、青森国際大学、知ってる?」

「うんうん」

女は素直にうなずいた。

「そこの学生、ここによく来る？」

「うーん」

甘えた声を出すので、ふたりの女のビキニの腰元に万札を押し込む。

「来るよ、ねえ、マリ」

「うんうん」

矢島はふたりに見えるように、スマホを差しだした。黄建人の学生証が映っている。

「この男、見覚えないかな？」

ふたりは交互に覗きこんだ。

「知らない」

「見てないわ」

女たちは関心を失い、矢島の下半身に刺激を送り続ける。

ふたりを押しのけて黒服を呼びつける。その場でカネを払い、立て続けに五人の女を頼んだ。同じ内容を口にする。

青森国際大学の学生は来店するらしいが、金離れがよくないという。

じれったい。まとめて女を呼んで……。

からみついてくるふたりの横で、酔っぱらった女がスマホを見て、何事かつぶやいた。

「こいつ、知ってる？」

矢島は手荒くふたりを脇にのけて、女の顔を見やった。

「ああ……たぶん、指名してくれたよ」

矢島は冷静をよそおった。

「ほー、いつ？」

「えーと、先々週かな」

「そのあとは？」

「お客さん、わかってるくせにー」

「なにを話した？」

「ないしょ、ねー」

いらついた。

矢島は女の首を持ち、氷の入った水を飲ませた。

胸元にこぼれ落ちる水を面白がるように、女たちがはしゃぐ。

水浸しになった女の手に万札を握らせた。

「えっとねえー、横浜に行こうって誘われてー」

「店の名前は？」

「ふー、忘れた」

矢島は女の頬を軽くはたいた。

「これに載ってたよね」

となりにいた女がソファのあいだにある中国語のフリーペーパーをとりだした。それをとり、手早く広告欄を広げた。

横浜方面の店名が並んでいるところを女の顔に近づける。

水浸しになった女が目を細めて、見入った。

華奢な指がその広告を指したとき、女の手首に男の太い指が巻きついた。

「お客さん、ちょっと困るねえ」

黒服が女を立たせると、席から追いやった。

ほかの女も同様にする。

そのとき、矢島の上腕部に強い力が加わった。

うしろに男がいた。

矢島はなされるがままに、男の顔を見上げた。

目の据わった短髪で首の太い男だ。若い。

「お客さん、なんの用だね？」

北京語でぶっきらぼうに言われ、腹の虫がうずいた。

「あの子と約束したんだよ」

「約束？　うちは持ち出し禁止だぜ」
「話はついてるけどな」
そう答えると、いきなり右フックが飛んできた。
よけなかった。
重いものが顔面に突き刺さる。
微動だにしないのを見て、男は意外そうな顔で矢島をのぞきこんだ。
まわりにいる女たちが固唾(かたず)を吞んで見守っている。
矢島は半身になり、右腕を引いて拳を握りしめた。
ふりおろされた拳が眼前に迫った。
首だけ動かした。一センチほどのところで拳をかわした。
伸びきった腕をとり、手前に引いた。
倒れ込んでくる男めがけて、頭突きを食らわす。
ソファのすき間にはまり込むように落ちていった。
一滴たりとも酒を入れていないのに、血がたぎっていた。
暗がりにふたりの男の影が見える。
通路に出て、両腕を腰まで上げる。
影のひとつが、矢島めがけて飛び込んできた。

左足を前に出し、右の拳をうしろに引いた。
男の顔がはっきりと見えた。体ごとぶつかってくる。
半歩、左に旋回した。拳を固く握る。
無防備になった男の横顔に右拳を突き出した。
男の顔面に深々と拳がはまり込んだ。通路側に倒れる。
かたわらから、別の男が飛び込んでくる。
男と正対する。両腕を身体の前で交差させ、顔の前に持ち上げた。
男の荒い息が吹きかかってくる。
両掌を外側に向かい、ねじりながら開いた。
かかとで前方を踏みつける。
一気に右足をふりあげた。
男の顎(あご)にするどい矢島の靴先が突き刺さった。
はね返るように後方へ倒れ込んでいった。
ふたりを飛び越えて、フロアを横切った。
パラパラと男たちがついてくる。そのうちのひとりをにらみつけた。
「今度会うときは、地獄で船を漕(こ)いでいるぞ」
矢島が言うと男たちの動きが止まった。

握りしめた紙片に目を落としながら、階段で一階まで下りる。

女が教えてくれたフリーペーパーの広告欄には、『宝来(ほうらい)』という中華料理店の名前が記されていた。

5

翌日。横浜中華街。

港から湿り気を帯びた東風が媽祖小路(まそこうじ)に吹き込んでる。中心からはずれた地味な通りだが、中国語の看板が目立つ。ウィークデイなので人影はほとんどない。

矢島はゆったりとマリンタワーを仰ぎながら歩いていた。どこからともなく流れてくる、ごま油の匂いに食欲をそそられる。

三十五歳になったいまでも、遠い故郷に戻ったような気分だ。

黒竜江省哈爾浜(こくりゅうこうしょうハルビン)。ロシア風の都会。そこの北三道街で矢島は八歳まで過ごした。

父は中国残留日本人孤児だ。終戦の年に中国で生まれて日本人の両親と生き別れた。そのあと、中国人養父母に育てられ、中国人の母親と結婚した。父母を探すために矢島を連れて父が来日したのは九〇年代。身元は判明したものの、すでに両親とも他界していた。

矢島は背中にまとわりつく視線を感じていた。コマネズミのように、あとをつけてくる人影がある。三人だ。日本人のように見えるが、まるで遠慮がない。どこの何者か。警察ではない。

田上研究室が襲撃された件については、報道されていない。テレビも新聞も沈黙を守っている。矢島のチームからも宮木からも、続報が断たれていた。

赤一色の仰々(ぎょうぎょう)しい店構えの中華料理店の前だ。開店記念と銘打たれた看板が出ている。その前でエプロン姿の若い女が大鍋で天津甘栗(てんしんあまぐり)を炒(い)っていた。色白で小柄だ。長い髪をうしろでまとめている。

「おいしいですよ。食べてみてください」

と甘栗を差しだしてくる。

受けとって、栗の皮をむき口に放り込んだ。

「宝来ってここ？」

「はい。どうぞ、どうぞ。もうすぐ開店ですねぇ、中入って休んでってぇ」

切れ上がった目を光らせて、たどたどしい日本語で女は続ける。

矢島は店に一瞥をくれた。

亡くなった襲撃犯のひとり、黄建人が新宿の大箱の女を誘った店だ。

店舗は一階だけで二階は居住スペース。民家を改築した店構えだ。

不況が続いている。伝統ある横浜中華街もその例外ではない。戦前から住み着いていた老華僑(ろうかきょう)たちが店を手放し、土地を去っていった。入れ替わりに、やってきた新華人(しんかじん)がオーナーになるケースが多くなっている。

　ここもそうした店だろう。

「ビール三杯で百円ってほんとう？」

「もちろんですよぉ。飲み放題食べ放題で千五百円ですねえ。バンバンジー、ギョーザ、好きなもの、用意しますから」

　矢島は背後に気を配りながら、店に入った。

　大きな円卓とテーブル席が三脚あるだけのこぢんまりした店だ。奥にグループ席があるが個室はない。四十くらいの愛想のいい女の店員が出てきて、奥の席に案内される。

「昼飯をたのもうか」

　中国語で言うと、店員は笑みを浮かべて、すぐに出しますと中国語で答えた。厨房に注文を伝えると、中にいた四十歳くらいの男のコックが矢島の顔を窺いながら、フライパンを火であぶりだした。

　雑誌や中国語新聞の置かれた書棚にあるパンフレットが目にとまった。中国語で書かれたパンフレットだ。引き抜いて見た。

　キリスト教系宗教団体の勧誘案内のようだ。

　店員に黄建人が籍を置いていた青森国際大学の名前を口にしてみるが、知らないようだ。

　二分もしないうちに、スープと漬け物が運ばれてきた。好物の酢漬けだ。スープを飲み干したところにご飯とメイン料理が出てきた。

「豚レバーの四川（しせん）風炒めです。ご飯、お代わり自由よ」

「ありがたい」

矢島は言うと肉にかぶりついた。味がしみこんで炒め具合もちょうどいい。辛みがあり、またたく間にご飯が進んだ。

空になった茶碗をとりに来た女に、矢島はスマホを差しだした。そこに映っている写真を見せる。黄建人（ホアンジィエンレン）が写っている学生証だ。

「この人、この店によく来る？」

女の様子が一変していた。凍りついたように、じっとのぞきこんでいる。

厨房とフロアを仕切るドアの蝶番（ちょうつがい）がギッと鳴った。白っぽい影が女の背後に見えた。コックが直立不動の姿勢で前方をにらみ、滑るように近づいてきた。

体の左側、背中に光るものを隠している。

女がどくと同時に、骨張ったコックの体が現れた。は虫類のような冷たい目で矢島を見据えた。頬に三日月の切り傷がある。

男は右足に体重をかけ、股割（またわり）の構えをとった。

光るものを持った左手を引く。それを鳩尾（みぞおち）の前に水平に構えた。

左肩を支点にして、一気に踏み込んできた。

眼前に包丁の長い刃先が飛び出してきた。

矢島は腰を浮かし、わずかに上体をひねった。

猛烈な速度で食い込んでくる包丁を上から見る。すぐよけない。

右手を左肩にあてがい、力をこめる。

ぎりぎりまで待った。男の上体が接するのを見極める。

刃先が胸元に食い込んでくる瞬間、右手で包丁をはらった。

渾身(こんしん)の一撃を受け流され、男は目を見開いた。

すきが生まれた。矢島は包丁を握った男の右手首をつかんだ。逆をとられた男が驚いた顔で矢島を見上げた。

その胸元に、矢島は広げた手を打ち込んだ。

よろよろと、男はうしろに引き下がった。

どうして、よけられたのか、信じられない表情だ。四十代？　いや、もっと若い。

「太極拳(たいきょくけん)のつもりか」

日本語で一喝した。

男はきょとんとした顔で見つめ返した。

日本語がわからないようだ。

同じことを中国語で言った。へっぴり腰だなと付け加える。

男の眉間にしわが寄ったかと思うと、包丁をふりかぶった。しゃにむに突っ込んでくる。

矢島は背を丸め、肘を落として脱力した。

包丁を握りしめる男の右手を十分に呼び込む。

目の前にきたところで、そっと手の甲で受けた。

そのまま、手をはりつかせ、上にふりあげる。男の上体が反った。

包丁が天井を向いた。包丁を握った右手首を殺し、肩口に肘をからめる。

男は油で汚れた床に、しゃがみ込むように腰から落ちた。

さっとうしろにしりぞく。

「何度やっても同じだ」

中国語で呼びかける。

男は激情で顔を紅潮させた。

包丁を頭の上にかかげる。

「ヤッ」

奇声を上げながら、突進してきた。

矢島は正面から受けると見せかけ、すっと体を入れ替えた。

男の肘をとる。それをひねり上げた。

包丁がぽろりと床に落ちる。壁際まで蹴った。

男は棒立ちになったまま、呆然となっていた。
「準備運動は終わったか？」
言われると、男は目を血走らせて、ふたたび向かってきた。
矢島は左足へ体重を移動し、右足を高く蹴り上げた。
男の顎に硬い靴のつま先が炸裂した。
もんどり打って、テーブルに倒れ込む。矢島が使った食器とともに、床にくずおれた。
男のわき腹に足をあて、仰向きにさせる。
男の口から血があふれ出た。
床に落ちたナプキンを束のままつかんで、男の口にねじこんだ。
男はそれを吐き出した。
矢島はすねで男の腕を固定し、肘を男の首に食い込ませた。
「黄建人を知っているな？」
矢島が訊くと、男は苦しげに横を向いた。
首にタトゥーが見えた。十字架だ。左右に天使の羽が描かれている。
元に戻し、黄健人が映っているスマホを目の前に持っていった。
男はそれを見ようともしなかった。
——こいつも一味だ。

「田上研究室はどうだ？」

男が首を横にふったので、矢島は頰をはたいた。

「知らないとは言わせん。お前とは昨夜、出会っている」

男はきょとんとしている。

「おれのクルマに突っ込んできただろ？」

男はとぼける。

「まあいい。これから警察でゆっくり吐いてもらおうか」

矢島がそう言うと、男はにやりと笑みを浮かべた。

様子がおかしい。

奥歯で何かを嚙みきったような、かすかな音が聞こえた。

次の瞬間、男は首に手をあてがい、喉をかきむしるようにもがきだした。

まずい。

矢島は男の口をこじ開けて、中を見やった。

舌の奥に小さなカプセルが見えた。

青酸(せいさん)入りのカプセル。自殺用のものだ。

男は寝転んだまま、体をえびぞらした。

口元に小さな泡が吹き出してくる。

その場で二回転したかと思うと、天井を向いたまま男は動かなくなった。

血で濡れた口元がかすかに動いた。

あわてて矢島は男のわきにひざまずいた。

「……ティン」

「何を言いたい？」

矢島は男の首を持ち上げて、声をかけた。

男は最後の力をふりしぼるように、

「死ね……」

とつぶやいた。

「いきがるな。救急車を呼ぶ」

矢島の呼びかけに応答せず、男の顔から血の気が引いていく。

一点を見つめたかと思うと、苦悶の色がうすまり、そして、

「スイティンファ」

と弱々しく、つぶやいたかと思うと、がくりとうなだれた。

矢島は男の頸動脈（けいどうみゃく）に指をあてがった。

反応がない。

いったい、どうしたというのか。黄健人の名前を出しただけなのに、いきなり襲ってく

ると は。しかも、警察の名前を出したとたんに、毒物を飲んで果ててしまうとは。

男の口から洩れた最後の言葉を思った。

スイティンファ——日本語で「水天法」。

矢島は前途に厚い雲がかかってきたような予感を抱いた。

いったいこの男は何者なのだ? 矢島は男のポケットをすべてあらためた。財布ひとつ持っていない。尻ポケットの隅に、硬いものが手にかかった。薄いプラスチック製のクシだ。根元にホテルらしい名前と絵柄のデザインが入っている。

そのクシと十字架のタトゥーをスマホで撮影する。

店内から人が消えていた。

男をその場に残して、矢島は店を出た。

甘栗を売っていた女もいない。

通りの先に、こちらを見ている三人の男の姿があった。

男らは矢島ににらまれると、その場できびすを返して、早足で歩き去っていった。

すぐ横にランクルが滑り込んできて、助手席側のドアが開いた。

紫のサテンブラウスに身を包んだ根岸麻里がハンドルを握っている。

助手席に乗り込んだ。

「追いかけますか?」

前を見ている麻里に訊かれた。

「いや、いい」

「では日比谷に向かいます」

「宮木の呼び出し？」

「いつもの場所です」

「行ってくれ」

麻里はアクセルを踏み込んだ。

「お怪我はありませんか？」

矢島はひととおり、体を見やった。

痛むところはなかった。

「大丈夫のようだ」

言いながら撮影したばかりの写真を宮木宛てに送る。伝言メッセージを添付した。

すっと白いハンカチが差し出された。

麻里が自分の首元を指した。

矢島は同じところにハンカチをあてがった。真っ白い布に血糊がついた。

男の返り血を浴びたようだ。

「近所の店で宝来について訊いてみました」麻里は続ける。「オープンしたのは半年前で、オーナーは北京在住のようです」

「わかった。十分だ」

「気をつけてください。今回の仕事はとても危険な気がします」

そうかもしれない。

素直に答える代わりに、ボーナスを割り増しする、と口にする。

意味は通じたようだ。

矢島は座り直し、深々とリクライニング・シートを倒した。

6

日比谷公園に咲き誇るアジサイが旬を迎えていた。噴水にほど近い松本楼(まつもとろう)に入ると、奥まった席に背広姿の男が待ち構えていた。午後二時。

古くさい銀縁メガネをかけた風采(ふうさい)の上がらぬ男だ。矢島がその前に腰かけても、ニューヨーク・タイムズに目を落としている。

「派手に暴れたらしいな」

スプーンですくいあげたカレーを口に入れながら、ぼそぼそと言う。

「好きでやっているわけではない。おれの分は？」

「注文してある」

仕事は終わったと言った本人だが、宮木雅夫は悪びれもしない。警察庁長官官房審議官というわりに、気ままな立場に見える。キャリア生活が長くなればなるほど、見かけ上の退屈さで周囲を煙に巻く術に長けてくるようだ。

「昨夜、逃げたふたりは見つかったか？」

矢島は訊いた。

「チームから報告があっただろ？」

「ない」

上から口封じされているのだろう。

そのあたりの呼吸は理解している。

宮木は続ける。「川をさらわせた。死体が見つかったという報告はない」

「逃げのびたかもしれない」

「あの濁流で？」

「死体が見つかっていなければ、そう考えるべきだ。クルマはどうだった？」

「連中の乗っていたエルグランドは一昨日、練馬で盗まれたものだ」宮木が答える。「黄建人が在学している青森国際大学にも捜査員を送り込んだ。目立ったものは上がってこない」

「宝来は？」

「もぬけの空だ。黄建人が来たかどうかはわからない。おまえを襲った宝来のコックはこいつか？」

宮木は言うとカラー写真をテーブルの上に滑らせた。

「金棟生（ジインドンシオン）。三十二歳。成田空港の税関で自動撮影された写真だ」宮木は言った。「技能ビザで二週間前に入国している。中国大使館に照会中だが、返事は期待できない」

「狂犬のような男だったがな」

「半年前に別名で入国している。その直後、大阪の御堂筋（みどうすじ）にある貴金属店が襲われた。深夜にだ」

知っている。店の裏側の壁をぶちこわし、金目のものを根こそぎ奪っていった。

やはり、爆窃団の一味か。

「技能ビザか。怪しいものだ」

「軍人上がりかもしれない」

ふくれあがった人民解放軍からドロップアウトする軍人はあとを絶たない。職に就けず、黒社会（ヘイシャーホイ）に身を投じる人間が多い。

「確証でもあるのか？」

「ない」

運ばれてきたビーフカレーを三口ほど、頬張る。

盛られた半分が、消えてなくなった。

「それはそうと、これはわかったか？」

矢島はプラスチック製のクシを宮木に渡した。

ホテル名らしい〝三〟の文字と椰子の木をかたどった絵柄のデザインが入っている。死んだコックのズボンに入っていたものだ。すでに、スマホで撮った写真を宮木に送ってある。

「それも照会中だ」

矢島はクシをしまった。

「爆窃団を装っているとしたら、狙いは何だったんだ？」

「調査中だ」

「すべて田上研究室がらみなのか？　いったい、どんなウイルスを研究している施設なんだ？」

矢島は研究室にあった試験管に貼られていたラベルを見せた。「鳥インフルエンザの研究をしているのは知っている」

「だったら話は早い。いわゆる鳥インフルエンザだ。どの程度まで知っている？」

「インフルエンザにはＡＢＣと三つの型があり、ＢとＣは人のあいだでしか感染しない。怖いのは鳥が宿主になるＡ型だ。香港型、ソ連型、百年前に起きたスペイン風邪でも四千万人が亡くなった。パンデミック、感染爆発を引き起こす厄介なウイルスだ」

「そのとおり。田上研究室は、中国で見つかったインフルエンザウイルスの研究に特化していたらしい。研究自体は田上教授ひとりにまかされていたようだが」

「中国からインフルエンザウイルスを取り寄せていた？」

「その可能性も否定できないだろう。ただし、いまではネットで公開されている情報もある」

「どんな中身？」

「H5N1の遺伝子構造はすべて解明されている。知っているか？」

矢島はうなずいた。

英語版ネイチャーで読んだ覚えがある。

「DNA情報だけあれば、それがどのインフルエンザウイルスなのかわかるわけだ」宮木が言う。「中国でSARS（サーズ）が流行ったときのことを覚えているか？」

「六百人……いやもっと亡くなったか」

「そうだ。ばたばたと人が死んだ。あのとき、中国政府は必死になって情報を隠蔽（いんぺい）した。それが世界中のひんしゅくを買って、最近ではけっこう、オープンだ。DNA情報までネットで開示するようになった」

「では、研究する必要などないじゃないか？」

「それは表向きのポーズでしかない。中国ではブタやニワトリを一緒に飼っている農家が多い。そうした家畜のエサに、西側では許されていない高濃度の抗インフルエンザ薬を混ぜたりする。新型の鳥インフルエンザが発生したとしても、ろくに追跡調査もしないで、闇に葬(ほうむ)ってしまう」宮木は続ける。「とにかく、自然界で発生するインフルエンザを知るためには、ウイルスの現物に当たるしかない。鳥インフルエンザが鳥同士で感染している場合はいいが、鳥から人、そして、それが人から人へ感染するようになったらＳＡＲＳの比ではない。多くの人命が失われる」

「本物のパンデミックだな」

「そうなったときの用心に、あらかじめ似たウイルスを持っている必要がある」

矢島は宮木の言った言葉をしばらく考えてから口を開いた。「強毒性のインフルエンザが生まれる土壌が中国にあると聞いている。鳥と人とブタがひとつところで、生活しているからな」

「未確認情報だが、先月、香港で五歳になる男の子がこの型のインフルエンザで亡くなったようだ。それと同じインフルエンザウイルスが田上教授の元に送られた可能性がある」

「かりに、田上教授が研究していたウイルスが流行りだしたら、どれくらいの被害が出る？」

矢島は訊いた。

「わからんよ、そこまでは」

「最悪の状況を頭に入れておく必要があると思うがな」

「……」

「万単位で死者が出る可能性もある」

矢島が疑い深いまなざしを向けると宮木が首をすくめた。

「オランダのことを言っているのか?」

矢島はうなずいた。「遺伝子構造がわかっているのなら、そいつを人の手でも作れるということだ。オランダの研究チームの論文が人から人へ感染する変異株を作ったという記事を『サイエンス』で見た。強毒性のやつだ」

宮木は大きく息を吐いた。「殺人兵器に転用できるとも書いてあった?」

「そんな見出しがついていた」

「オランダチームが作ったやつは、一説によるとひと月で全人類が滅亡するようなものらしい」

研究室に横たわっていた、むごたらしい田上教授の死体がよぎった。

ひょっとしたら、田上教授も同じレベルの強毒性、殺人ウイルスを完成させたのではないか?

「田上教授が作っていたのも、同じようなウイルスか?」

訊くと、宮木は押しだまった。

「私大を使った理由は？」

「強毒性のインフルエンザウイルスを作れる研究者の数は世界でほんの数名足らずだ。田上教授はそのうちのひとりだった」

　矢島は汗が引いていくのがわかった。

「発注者はだれだ？　日本政府か？」

　宮木はまた黙り込んだ。

「自衛隊員が警備についていた。どういうことだ？」

　宮木のこめかみがぴりっとふるえた。

「それ以上はわからない」

「わかっていても話せないのか？」

「そんなレベルの話じゃない。官邸にいくらせっついても、それ以上の情報は下りてこない」

「関係者は？」

「武蔵医科大学の理事に、宇佐見俊夫という男がいる。田上研究室は、この理事が単独でマネジメントしていた。この宇佐見だが、昨夜から連絡がとれていない。若菜という小さな娘がいるが、ふたりして行方をくらましている。それより、矢島、賊は誰だとにらんでいる？」

「宮木さん、それはあんたのほうが詳しいんじゃないか？」

　宮木は複雑な表情を浮かべた。

「単なる爆窃団ではない。わかるのはその程度だ」

「中国のスパイの可能性は？」

「否定できない」

「ほんとうのことを言ってくれないか。でないと、対処のしようがない」

「だから、わかっていないんだって」

　宮木は語尾を荒らげた。

　まんざら、うそではないようだ。

　矢島はあらためて訊いた。

「中国政府が裏の裏をかいて、強盗団に見せかけたと考えられないか？」

「中国政府が、どうして、そんなことをする必要がある？」

「では、誰の仕業だ？　やはりテロリストか？」

「わからん。だが、背後に必ず理由があるはずだ」

「ひょっとして、政府を脅して金を取る？」

「それも考えられる」

「金を払っても、ウイルスが戻ってくる保証はないぞ」

宮木は矢島の目をまっすぐ見つめて言った。「だから、そのあたりもふくめて、矢島、おまえに動けと言ってるんだ。誰が何のために、ウイルスを強奪していったか？　ウイルスはどんなものか？　その答えを見つけてほしい」

矢島は空になったカレーの皿を脇にどけた。

「やれるだけはやる」

「サポートする。チームは待機させてある。呼び出せば、すぐ到着するはずだ。なんでも言ってくれ」

「金棟生だ」

「コックがどうした？」

「もう一度訊く。金は中国政府の人間か？」

「いや、民間人だ。公安にたしかめた。それだけは、はっきりしている」

矢島は金が死ぬ間際に吐いた言葉を伝えた。

「スイティンファ……そう言ったのか？」

「そう聞こえた。日本語で言えば水天法になる」

宮木は頭を抱えた。

「中国国内のテロ組織で、水天法を名乗るグループがあるんだな？」

訊いたものの、宮木は答えなかった。

矢島は、川に浮かんだエルグランドから、タックルバッグを抱えて流れに飛び込んだ男の姿を思い出した。あのバッグにはもしかしたら……。

「連中が田上研究室から殺人ウイルスを盗み出したのか?」

こっくりと宮木はうなずく。

嘔吐感をもよおした。

「取り戻してくれ」

宮木は弱々しくつぶやいた。

「おれを頼るのもいいが、何か忘れていないか?」

「契約の話か?」

こんなときにカネの話かと宮木は呆れ顔になった。

「国にとっての一大事も、おれにとっては単なるビジネスのひとつに過ぎない」

あっけらかんと言い放つ。

「……十月に英国首相が来日する。警備の一部をおまえの会社に二億円で外部委託する」

「いいだろう。大口の客だから、たっぷりとサービスさせてもらう」

委託金を受けとったあとは、大手警備会社に再委託する。半分は手元に残るはずだ。

7

池袋（いけぶくろ）駅北口。整然とビルが立ち並ぶ歓楽街の一画。

『陽光城（ようこうじょう）』の軒先には、醤油（しょうゆ）で煮付けられた豚足（とんそく）が山のように盛られている。八〇年代以降、中国からやってきた新華人が作り上げた池袋チャイナタウンの入り口だ。といっても、これみよがしな楼門（ろうもん）はない。

食材店、旅行代理店、美容室などなど。中国人専門の店が三百メートル四方に散らばっている。それらはすべてビル内に入居しているため、外から見てもわからない。八角（はっかく）とシナモンの混ざった香辛料の匂いがどこからともなく漂っている。そのど真ん中にある西一番街。

パチンコ店の横に、ほっそりとしたビルがある。五階から一階まで、ずらりと中国語の看板が張りついている。そのビルの地階に下り立った。

『延吉（えんきつ）』の看板が出ている。

狭い店内に客は少なかった。たっぷりと腹に肉のついた男が、タバコをくゆらせながら、店のテレビを見ている。

矢島に気づくと、男は人の良さそうな顔で、むくむくと笑みを浮かべた。

関峰（グァンフォン）。

五十歳になる店のオーナーだ。

「ロン。昼飯はまだか？」

「もう一食くらいなら入るかもしれない」

そう答えると、関峰は厨房の中に入っていった。

油で汚れた床を歩き、カウンター横のテーブルについた。

強い香辛料の漂う空気を吸うと、不思議と気分が落ち着く。

関峰は矢島が腹を割って話せる数少ない親友。いや、それ以上の存在かもしれない。

冷蔵庫の青島（チンタオ）ビールをとりだし、コップについでひと息に飲み干す。

しばらくして運ばれてきた肉の串焼きにかぶりついた。

口の中に、唐辛子とカレー味のスパイスの足が広がる。

延辺料理の定番。羊肉だ。

「ちょっと硬いな。古いか？」

からかうと、関峰は申し訳なさそうな顔で皿に手をかけた。

矢島はあわてて、

「冗談だよ、旨い」

と付け足した。

関峰は安心した顔で、厨房に戻っていく。

「宇春(ユーチュン)は元気か？」

矢島は訊いた。

関峰には上海(シャンハイ)出身の細君とのあいだに、一人娘がいる。無国籍だ。

「まあまあだよ」

宇春は七年前に日本で生まれた。中国の国籍を取りたくて、中国大使館へ何度も足を運んでいるが、いまだに国籍が下りない。関峰が中国の民主化運動に肩入れしているためだ。

関峰は中国解放軍の元少尉だ。父親は解放軍の中将、母親は共産党機関誌の幹部という名門。関峰が解放軍入りするのは、既定路線だった。軍事物資関連の商社に配属された年、天安門(てんあんもん)広場で学生による民主化運動がはじまった。命がけの抗議行動に共感した関峰はカンパを呼びかけ、軍のトラックで援助物資を広場に運んだ。

六月四日未明、軍による機関銃音が広場を席巻した。

殺戮(さつりく)される学生たちを目の当たりにして、関峰の世界観が音をたててくずれた。その年の秋、逃げるように日本にやってきた。日本語を学びながら、日本国内で中国民主化運動の支援組織を立ち上げ、カンパをつのった。

しかし、二〇〇〇年代に入ると運動は下火になった。関峰は一度も中国に帰っていない。いや、帰れないのだ。そんな関峰のもとには日本在住の中国人の情報はもとより、中国本土の情報も集まってくる。

「そろそろ、いいんじゃないか？」

矢島は来るたびに同じ説得をする。

「まだまだ」

家族三人で日本に帰化しろとなんべん、言い聞かせただろう。

関峰は応じない。

血だらけで倒れていった女学生の姿が目に焼き付いて離れないと決まって言い返す。

「中国はあきらめたほうがいい。共産党独裁政権が、おまえたちを受け入れるはずがない」

つい他人事のような言い方になってしまった。

関峰は大げさに肩をすくませる。

「ロン……不易流行だよ」

易教の言葉を関峰は口にした。

万物は流転し変わらぬものはないという意味だ。

「十三億の民をまとめあげるのは容易じゃない。おまえがいちばん、わかってるだろう」

「いつから中国共産党の肩を持つようになった？」

関峰は悲しげに言う。

「そうじゃなくて、現実を見たほうがいいと思うんだ。このままじゃ、宇春は生きていけないし」

「そう言うがロン、おまえはどうなんだ？　日本人になって、よかったと思う瞬間が一度でもあったか？」

「ないかもしれない」

「だろ。おれもいっそ、怒羅権に入るかな」

冗談めかして言った関峰の顔をにらみつけ、矢島はビールをあおった。

矢島の脳裏にハルビンの凍てついた少年時代がよぎった。

父親が日本人であったがゆえ、ことあるごとに「小日本鬼子」とさげすまれ、いじめ抜かれた。それでも、友だちはいたし、生まれ育った土地にあまりあるほどの愛着があった。市内にある武道場へ足繁く通った。

太極拳で呼吸法を会得し、少林拳で闘法を体に刻み込んだ。

中国残留日本人孤児だった父親が、肉親捜しで来日したのは二十七年前。

矢島が八歳のときだ。

両親とともに生まれた土地を離れた。

呉海龍。

慣れ親しんだ自身の中国名は、捨てるしかなかった。

住み着いた江戸川区の葛西は別世界だった。

まったく日本語が理解できなかった。入学した小学校では異物扱いされた。

小学生とはいえ陰湿だった。弁当にブタ飯と唾を吐かれ、教科書を隠された。必死で日本語を学んでも、いじめは続いた。両親から、決して武術は使うなと厳命されていた。中学に入っても同じだった。上級生に髪をつかまれ、殴り倒した。いじめはなくなった。

底辺校と言われる都立高校に進んだ。そこには、同じ残留日本人孤児がいた。喧嘩(けんか)だけが強くなった。家にカネはなかった。残留日本人孤児の仲間内で教科書を回した。学生服の下に着るワイシャツは一枚だけで替えがなかった。

一方で建設現場で働き、疲れ切って帰宅する親の姿を目の当たりにした。助けたいと思いながらも、できなかった。それがつらくて仕方なかった。

中国でも日本でも、居場所がない。

国籍を得てからも、教師は、『在留資格のある子ども』と矢島について触れ回った。

ここは仮住まいか?

おれは日本人ではないのか?

自分という人間は何人(なにじん)なのだ?

何度も自問した。いまでもその疑問が頭から離れることはない。

「そんなに怒羅権がいいか?」

矢島は訊いた。

「仲間は大事にしてくれるだろ？」

「それとこれとは別だよ」

怒羅権。

中国残留日本人孤児の二世や三世がひきいる暴走族グループだ。

日本社会に対して怒り、団結して権力と戦うという意味合いだ。

自分でも気づかないうちに、矢島は怒羅権の頭になっていた。

日本の暴力団や中国人マフィアとはいっさい、付き合わなかった。

千葉まで駆けて、日本人暴走族と抗争をくり返した。そのバックでケツ持ちする暴力団とも渡り合った。恐れよりも怒りが勝った。怖いものなどなかった。死人も出た。

「ロン。言い過ぎた」

「いや、いい」

あれはいつだったか。

髪を紫に染め、中国国旗の五星紅旗(ごせいこうき)を縫いつけた特攻服を身にまとい、千葉に向かって水戸(みと)街道を東進していた日。フルスロットルで隅田(すみだ)川を渡っていたときだ。

橋の行く手にまばゆい朝日が昇りかけていた。

その白い光を浴びていると、ふと思ったのだ。

おれはいったい、何をしている？

いつまで、同じことをくり返す？

このままで未来はあるのか？

その日にバイクは捨てた。

高校を出てから、単身アメリカに渡った。幼いころから父親に叩き込まれた武術の修練だけは欠かさなかった。アルバイトを複数こなした。チャイニーズレストランでは、用心棒まがいの仕事も請け負った。銃火器も詳しくなった。学費を稼ぎ大学を卒業して、ニューヨークに出た。

学生時代に知り合った実業家と再会し、武道場を開かないかという誘いに乗った。実戦に強いという評判が立ち、武道場は繁盛した。

日本に舞い戻ったのは、弟子を百人ほど抱えたときだ。

さっそく警備会社を興した。企業家、政治家、そして役人。マンツーマンの要人警護に特化した。評判を呼んで仕事は取れた。しかも、あっさりと。

ある日に宮木という男がやってきて、うちと契約してくれないかと打診があった。

表には出ない、国家の影のエージェントとして。毒をもって毒を制したい。そう吹き込まれた。

それも面白いと思った。

三年前の夏だ。

関峰はちらちらとテレビに視線を送っている。

画面には尖閣諸島を上空から俯瞰する映像が流れている。

〈……尖閣諸島周辺の接続水域内を航行していた中国海軍の艦艇二隻が、同海域を離れて東シナ海を北東に向け進んでいる。近辺にいた米第七艦隊の主力級艦船、自衛隊艦船も追従するように北上中である。対馬沖では中国軍機が領空を侵犯し、航空自衛隊が緊急発進を繰り返している模様……〉

矢島は席を離れ、カウンター越しに宝来に置いてあったパンフレットを見せた。

「水天法――キリスト教系の宗教団体だと思う。知ってるか？」

関峰はすぐわかったようだ。「聞いたことがある。地下教会じゃないか？」

「やはり」

スマホで撮影した写真も見せた。コックの体にあった十字架のタトゥーだ。

関峰は、しげしげと眺める。「その連中、この四月に北京で百人近く、公安に引っぱられたぞ。この五年間で最大規模だ。なんでも、当局は中東に端を発した『ジャスミン革命』の取り締まりを口実に、地下教会の摘発に躍起になっているらしいが」

地下教会の信者の多くは、発展から取り残された農民などの不満分子だ。中国共産党は宗教をアヘンと見なしており、一部の公認された宗教以外は、邪教（じゃきょう）集団のレッテルを貼り徹底的な弾圧を加えている。

関峰は続ける。「内モンゴルや新疆（しんきょう）ウイグル自治区だけじゃない。江蘇（こうそ）省や広州（こうしゅう）市あたりまで、弾圧が広がっている」

「なるほど……ひょっとして、日本にも地下教会がある？」

関峰は意味ありげにうなずいた。「知りたいか？」

「是非とも」

関峰は肩をすくませる。「おまえの頼みなら、聞かないわけにはいかないな」

ドアが開いて、生白い顔の男が顔を見せた。矢島と目が合うと、首をすくませた。

「待て」

と言いながら、関峰が店を飛び出していった。

矢島もそのあとに続いた。

階段を一気に上る。

関峰がスリッパの音をたてながら、舗道を駆けている。

背広姿の男がおぼつかない足取りで、うしろをふりかえる。

「邦夫（くにお）」

矢島は呼びかけた。

その声に応じす、男は小走りにビルの陰に隠れた。

関峰がそのあとを追いかける。

ふたりが消えたビルの手前に達した。

関峰が背広姿の男にうしろから組みつくのが見えた。

男は抵抗する様子もなく、関峰のなすがままだ。

その場で見守っていると、関峰は男の腕を引いて戻ってきた。

力づくで店の中に男を連れ込んだ。背中を押すように、矢島の前に突きだす。

「こいつ、同胞から保護料をとってやがる」

関峰は男の後頭部を小突きながら言った。

中国人から、みかじめをとっている？

「邦夫、ほんとうか？」

矢島が訊くと、男は関峰の腕をふりはらった。

髪は長く、ヒゲを生やしている。

「日本の暴力団から守ってやるとか、うまい話を言ってな」

関峰は罵るように言った。

矢島は関峰を厨房に追い立てた。

男を自分の前の席に座らせる。目の下に薄くクマができていた。ヤクを入れている顔だ。

「逃げなくてもいい」

矢島が声をかけると、男はグレーがかったメガネの奥で、用心深げな目を光らせた。

花岡（はなおか）邦夫。

矢島と同じ中国残留日本人孤児二世だ。

「逃げてなんかいない」

邦夫は言いながら、狭い額にふりかかった前髪をはらいのける。

中学も高校も同じで、矢島のあとを追いかけるように怒羅権に入った。

命がけで敵と渡り合い、互いの命を守り合った。肉親以上の固い絆で結ばれていた〝戦友〟。冬でも半袖で単車を走らせた仲だ。

矢島が抜けたあとの怒羅権は凶暴性だけがふくらんだ。交番を襲い、強盗に手を出した。パチンコの裏ロム作りやクレジットカードの偽造。覚せい剤の密売や殺人まで手を染めた。

そんな怒羅権に邦夫はしがみついて、いまだに離れない。

そしていま、幹部として怒羅権の中枢にいるらしい。実業家気取りで池袋の高級マンションに住み、ドイツ車を乗り回している。

表立って犯罪に加担しないが、裏では中国マフィアや日本の暴力団と気脈を通じている。

「じゃあ、堂々と入ってくればいい」

「用事を思い出したんだ」

また席を立とうとしたのを矢島はおさえた。

髪に塗りこんだ整髪料の匂いが鼻につく。

「昼飯はまだだな？」

「ここのくそまずい飯なんて、食えるか」

邦夫が言うのを無視して、矢島はコップにビールをつぎ、邦夫に渡した。

邦夫は口をつけない。

「青森国際大学の学生だ。最近見かけたか？」

「見るわけないだろ」

「入学願書の偽造が見つかって、今年も二十人近く、除籍されたらしいぞ」

「初耳だな」

矢島は身を乗り出した。

「在校生のほとんどが東京へ働きに出ている。おまえも世話をしてやってるんだろ？」

邦夫は中国人留学生を物心両面から支えている。

邦夫はテレビのワイドショーを見上げた。尖閣諸島問題を特集している。

「尖閣問題で就学ビザさえ下りないご時世だぞ。中国人の学生に対する風当たりは強くなる一方だし。出席日数が足りなければ、その就学ビザも取り消されてしまう」

「青森国際大学もか？　知らんな」

「いいか、ロン。大学側だって授業料ほしさで目をつむっているんだ。中国人のせいにするな」

「まあいい」

矢島はスマホをかざした。コックの体にあったタトゥーの写真が映っている。十字架の絵柄だ。それに天使の羽。

「これに見覚えがあるか?」

邦夫は一瞥して顔をそらした。

「よく見ろ」

邦夫は完璧に無視して、腰を浮かせた。

「待て」矢島は言った。「武蔵医科大学に押し入った中国人がいる」

邦夫は意外そうな顔でイスに座りなおした。

「知ってるな?」

「なんだ、それ?」

「爆窃団をよそおって、重要な施設に押し入った」

「重要な施設?」

「そこからとんでもないものを盗んでいった。聞いてるだろ?」

田上研究室を襲った三人は全員、中国人だった。

しかも、日本語を話さない。そんな連中がクルマを調達し、田上教授の自宅に電話をかけている。三人だけではできない芸当だ。背後には闇の勢力が動いている。しかも、複数。日本の暴力団と中国マフィアがからんでいると見るほうが自然だ。

「持って回った言い方はやめろ」邦夫は言った。「答えられるものも答えられない」

「これから言うことを洩らさないか？」

邦夫は覚悟を決めたようにうなずいた。

矢島は武蔵医科大学で起きた一連の出来事を話した。田上研究室の研究内容も。

水天法については黙っていた。

「どうだ？」

「公司（コンス）に、依頼があったのは聞いた」

ぽつりと邦夫は洩らした。

公司――日本在住の中国マフィアの別称だ。

「なんの依頼だ？」

「足の着かないクルマ」

「依頼はいつだ？」

「一昨日（おととい）」

矢島は邦夫の言うことが信じられなかった。

そんな急ごしらえで、あれだけのヤマを踏めるはずがない。

「それは別口じゃないか？」

矢島は訊いた。

「……武蔵医科大学をやると言っていた」

耳を疑った。

「やる？　何を？」

「襲って奪う。それしかない連中だ。ほかに何をする」

「ウイルスを奪う？」

「それははじめて聞いた」

「うそをつけ。知っていたんだろ？」

「ウイルスを？　一円にもならんものを奪ってどうする？」

「使い方次第だ。場合によってはダイヤより、カネになるかもしれん」

邦夫はそわそわしながら、ロレックスに目を落としている。

「もう、いいな？」

言うが早いか、邦夫はそそくさと店をあとにした。

矢島は残っていた肉の串焼きを口に放り込んだ。そのとき、表から人の悲鳴のようなものが聞こえた。

矢島は店を飛び出した。地上に駆け上がる。

舗道だ。

図体の大きい黒シャツ姿の男に、邦夫は胸ぐらを捕まれている。

「待っていられん、このボケ」

邦夫は身を縮こませ顔をそむけている。

地回りのヤクザのようだ。

一発、顔を張りたおされた。

邦夫は抵抗しない。へたに刃向かえば、加勢が来るのを知っているのだ。

通行人が立ち止まって、様子を見ている。

ヤクザらしき男は、邦夫をすぐわきの路地に連れ込んだ。

通行人たちがぱっと散らすようにいなくなる。

矢島は道路を横断し、路地をのぞきこんだ。

黒シャツの男が邦夫の身体を壁に押しつけて、何事かわめいている。

矢島が路地に踏み込んだとき、向こうから似た風体の男がふたり、やってきた。

矢島は邦夫を押さえつけている男のうしろに立った。

肩をたたいた。ふりかえった男の顔に愛想笑いする。

わき腹に拳を打ち込んだ。

男はそれだけで、膝をまげて路地に倒れ込んだ。
前方からふたりの男が矢島めがけて走りこんできた。
血相が変わっている。
「てめえ」
日本のヤクザものだ。
右手の男がくり出してきた右ストレートをいなした。
勢い余って、男は矢島の前をつんのめるように進んだ。そこに足をかけた。
前向きに上体から倒れ込んでいく。
最初に倒れた男が起き上がろうとする。
矢島は男の側頭部を足で上から押さえつけてやった。
鼻から血が噴き出した。
がむしゃらに突っ込んできた三人目の男を受けた。
男の背に両手を回す。
いきなり不自由になった身に驚いて、地団駄を踏んだ。
両耳に手刀を叩きつける。
男はその場で膝を折り、舗道にしゃがみ込んだ。
二人目の男の腹にとがった革靴の先端を食い込ませる。

うっと、うめいて、男は舗道で二回転した。

横たわる男たちをその場に残したまま、矢島は邦夫を連れて路地を出た。

「いまの連中は誰だ？」

「どうでもいいだろ。ちょっとカネを引いただけだ」

「相変わらずだな。おまえは」

「ちぇえ、岡地（おかじ）のせいだ」

「岡地？ ……民雄（たみお）か？」

矢島や花岡と同じく中国残留孤児二世だ。

銚子（ちょうし）で食品加工工場を営んでいるはずだ。

「カネがないから、貸し手を紹介してくれと……」言いすぎたとばかり、邦夫は言葉を呑み込んで、矢島をふりかえった。「さっきの写真を寄こせ」

「だれの？」

「おぼれ死んだ黄（ホアン）とかいう学生の」

「見覚えがあるんだな？」

「ないと言っただろ。だが、調べてみる。その代わり、条件がある」

「条件？」

「おれを守ってくれ」

「ヤクザからおまえを？　いまさら、何を言い出すかと思えば」

「それが仕事だろう？」

「うちの社の人間を警護につける。ただし、高いぞ」

「いや、おまえがおれを守るんだ」

矢島は折れた。「お友だち料金でサービスしてやる」

「頼む」

邦夫は真顔で言うと肩をすぼませて背中を向けた。

8

明治通りを走るクルマはまばらだった。矢島はバックミラーを見やった。まだついてくる。左ハンドル。外交官ナンバーの黒いセダンだ。池袋駅の地下駐車場を出てからずっとだ。

ナンバーの上二桁の91は、中国の外交官ナンバーを表している。

矢島は急制動をかけ、ハンドルを左に切った。

一歩通行になっている西参道商店街のアーケードをくぐり抜ける。セダンはタイヤをきしませて、追従してきた。

傾斜のついた狭い道だ。クルマ一台分の車幅しかない。

茶屋の幟(のぼり)を立てた店の前でランクルを停めた。
セダンの後部座席から小太りな男が現れて、ランクルの窓を指で叩いた。
矢島がロックをはずすと、男が後部座席に乗り込んできた。
男が何事かつぶやく前に、矢島はクルマを急発進させた。
男がもんどり打って、背中をシートに押しつける。
前方から、通りすがりの軽ワゴン車が下ってきた。
ぶつかる寸前、左前方で枝分かれする道に入った。
鬼子母神堂(きしもじんどう)の左手を猛スピードで走り抜ける。
黒のセダンは鼻の先で、軽ワゴン車をかろうじてかわした。
そのまま、追いかけてくる。
カーブの多い道だ。スピードを落とさない。
目白(めじろ)通りに出た。
黒のセダンがぴったりと張りついてきている。
下り坂だ。思いきりアクセルをふかした。
みるみる、セダンとの距離が開いていく。
後部座席の男は口を半開きにして、目をこらしている。
長めに伸ばした髪を七三に分け、てらてらと脂で光る頬がひきつっている。

四十そこそこか。
変則交差点が目の前にきていた。
左折は青信号、直進方向は赤信号だ。
左手の対向車線から、続々と交差点にクルマが入ってくる。
わずかにそれが途切れた。その空隙にランクルを突っ込ませた。
すぐわきで甲高いブレーキ音が連続した。
アクセルを踏み込んで直進する。
セダンはついてこれない。
目白台運動公園の入り口から中に進入した。
駐車場の奥手まで走りこんで、ようやく停めた。
「……いつも、こんな運転するのかね？」
後部座席の男が、ため息まじりに中国語で言った。きれいな北京語だ。
でっぷりした顔だ。べっこう柄の細長いメガネの奥で、狐のような目が光っている。
「お客さんを乗せたときだけだな」
矢島も中国語で答える。
「いやはや」
男は言うと、シート越しに名刺を寄こした。

〈中国大使館　政治部　公使参事官
　蔡克昌（ツァイクオチャン）〉

とある。

政治部の公使参事官といえば、大使と公使に次ぐ、ナンバー3のポストだ。しかし、実際の使命は名刺の額面通りに受け取れない。

「延吉を出たときから、ずっと張りついてきた」

「あそこに行けば、あなたと会えると聞いていたので」

「誰から？」

「あなたについては、みな知っている。しかし、手荒いやり方だな。事故を起こしたらどうする気だ？」

「外交官特権で守られているあんたが心配する必要はない。会うときは差しで会うと決めている」

矢島はクルマを降りて、芝生公園まで歩いた。公園の中は、三組ほどの親子連れがいるだけで、閑散としている。

中国大使館内部は、外交部と中国共産党、そして人民解放軍という三つのラインが混在している。この男は、どのラインに属するのか。

矢島が芝生の上にしゃがむと、蔡も高級仕立ての背広を気にせず、土の上にしゃがみ込んだ。

「ここなら盗聴の心配はない。用件は？」

矢島は訊いた。

「実はわれわれも、今回の件については、頭を痛めている」

矢島は意味深な言葉を吐いた男の顔をにらみつけた。

「武蔵医科大学で起きた事件か？」

蔡は狐目をさらに細めて、うなずいた。「中国も今回のウイルス強奪事件については非常に心を痛めています。事件解決まで、矢島さんに協力するように大使から要請されて参りました」

「犯人捜しを手伝うというのか？」

「もちろんです。中国人がこのような大それた犯罪を犯してしまい、大変申し訳なく思っています。大使は今回の事件で、日中関係がさらに悪化するのを憂慮(ゆうりょ)しております。中南海(ちゅうなんかい)も同じ意向です。なんでも、おっしゃってください。お手伝いいたしますから」

中南海は中国共産党本部が置かれている北京の中枢地区。そう言われても、信用する気にはならない。

矢島は思いついて、例のクシをとりだして渡した。由来を説明せずに、これはどこのホテルのものか、わかるかと訊いた。

蔡はしばらく見てから、

「……この絵柄はたしか、三亜《さんあ》ホテルではないかな」

「海南島《かいなんとう》の三亜？」

蔡はうなずいた。

中国最南端にある常夏《とこなつ》の島。中でも島の南側に位置する三亜市は、中国随一の高級リゾート地として開発中だ。

「一般は入れない高級ホテルのはずです」蔡は怪訝《けげん》そうな顔で矢島を見つめた。「矢島さん、このクシはどこで手に入れたのですか？」

「どこでもいい」

「もしかしたら、横浜のコックが持っていたのではないかね？」

矢島は蔡の値踏みするような細い目を見返した。昨日から自分を尾行していたのは中国大使館の関係者だったようだ。目の前にいるこの男がそれを指揮している。

「知っているなら隠す必要もない」矢島は答えた。「コックはホテルの客か？　それとも従業員？」

「従業員ではないと思うよ。客として泊まっていた可能性のほうが高いんじゃないかな」

社交辞令はもういいだろう。矢島は宮木からあずかった写真を見せた。矢島を襲ってきた宝来のコックだ。

「何者だ？」

「金棟生（ジィンドンシオン）。二週間前に来日しています。宮木さんにお答えしたはずですが」

「福建出身？」

日本での中国人犯罪者の多くは福建省出身だ。

「いえ、広東省（カントン）」

……広東省。

広州は広東省の大都会だ。三亜市とも近い。

「農民工？」

「そうですね。三十二歳の農二代」

農村出身の出稼ぎ労働者の子息だ。

中国は、都市戸籍と農村戸籍の二重戸籍制度の国だ。それぞれの所得格差は二十倍近く開いている。農民工といえば貧困の代名詞だ。

蔡はまだ隠していることがあるように思える。

「金棟生は水天法に属しています。宗教の皮をかぶった中国の環境保護団体ですが、ご存じですか？」

蔡が訊いた。

「知らない」

「民衆の不安をあおる反社会的団体です。中国黒社会の悪い人間と見て間違いないと思います。こちらをご覧ください」

蔡は一枚の写真をよこした。エプロン姿の女の写真だ。色白で長い髪。かわいい顔立ちだ。宝来の前で天津甘栗を炒っていた女ではないか。昨日、撮影されたものだ。

「この女が何か、知っていると思います」

宝来にいたからというだけで疑うとは。中国側も今回の事件については、情報が不足しているようだ。

ひょっとして、水天法というのは、宗教団体を隠れ蓑にした民主化を求めるグループではないか。もし、そうだとするなら、中国政府も、なおさら摘発に躍起になっているはずだ。いや、根絶をはかっていると言うべきかもしれない。

「あなたは、日中どちらの政府側にもつかないで、仕事を請け負うと聞いています。それは間違いありませんか?」

「この顔にはそう書いてあるかもしれない」

蔡は笑い声を上げた。「面白い方だ」

「見つけた暁にはどうする?」

「われわれが責任を持って預かります」

「犯人？　それともウイルス？」

蔡はニンマリと笑みを浮かべた。

「もちろん両方に決まっています。その際には、たっぷり、お礼をさせていただきます」

「考えておこう」

矢島のスマホにメールが着信した。関峰からだった。

〈蒲田　ティアラ〉

とあり、電話番号だけが記されている。

調べを依頼していた件だ。ここが水天法の地下教会か？

蔡を最寄りの駅まで送り、矢島は蒲田へ向かった。

9

蒲田駅東口に着いた。午後五時を回っていた。われわれも蒲田に到着しましたとスマホにマツバからのメールが入る。ここに来る途中で連絡を入れているのだ。矢島のスマホとランクルは、チームの通信システムと常時リンクしている。

駐車場にランクルを停めて、徒歩で繁華街に入った。一番街は学生や勤め帰りのサラリーマンがくり出していた。通りから一本、南に入った路地だ。いちめん、総タイル張りの風俗ビルが傾いた陽を浴びて妖しい光を放っていた。

ビルの側面には中国製スマートフォンの派手な看板が張り付いている。

怪しげなランプが取り付けられた下で、大きなイヤリングをはめた女が通りを物色していた。水玉模様のシャツに赤いベルトをはめている。三十前後か。化粧が濃い。

「ティアラってここか？」

矢島が声をかけると、女は顔をほころばせた。「お客さんネットで見た？」

「見た。案内してくれ」

「はい、はい」

女は上機嫌でその場で、うしろにある狭い階段に足をかけた。

スカートの裾(すそ)を気にかけながら、女はゆっくりと階段を上る。形のいい尻をひとつ叩いた。「店が終わっちゃうぞ」

「やだねえ、お客さん、すけべえ」

中国語のイントネーションだ。

三階まで上がる。

ティアラと張り出されたドアから中へ通される。入るとすぐ女はロックをかけた。左手には待合室。奥に向かって、カーテンで仕切られた狭いマッサージ室が並んでいる。半分ほどの部屋に明かりがともっていた。そこから、物音が洩れてくる。

イヤリングをはめた女は店長のようだ。若いふたりの女を紹介された。ふたりとも黒い下着の上からすけすけのレースのガウンを羽織っている。ひとりは学生風で二十歳そこそこ。薄く化粧をしている。もうひとりは派手な化粧で隠しているものの、もっと若い。髪の長い人形のようだ。高校生だろうか。

じっと見られているのを気にしたらしく、その少女はマスカラをつけた目を瞬き、

「おじさん、なに見てんの？　大丈夫よ」

こちらはしっかりした日本語だ。しかし幼い声。中学生か？

「お客さんうち、前金（まえきん）制ね。割引は持ってる？」

店長らしい女が言ったので、矢島は二万円を渡した。

「どの子がいい？」

矢島はアゴでしゃくって、二十歳そこそこの女を指した。

女に手を引かれて、マッサージ室の続く廊下を歩く。男のうめき声が洩れてくる。カーテンのすき間からのぞくと、天井に渡された太いパイプにぶら下がった女が裸の男の背中に乗り、足でマッサージをしている。その女の顔を見て、矢島は足を止めた。小柄で細い体つきの女だった。

宝来の前で天津甘栗を炒っていた女だ。

女に気づかれる前に矢島は待合室に戻った。店長に一万円札を渡して、いましがた通り

すぎた部屋の女を指名してもらった。矢島は上半身だけ服を脱ぎ、いちばん奥の部屋で腹ばいになって待った。

十分後。

その女がやって来た。

「マーメイと言います。よろしくお願いします」

マーメイと名乗った女に肩と首のマッサージをしてもらう。柔らかな手だ。力があって、そこそこ気持ちがいい。女は山東省出身だと言った。

「きょうの昼、横浜にいたよな？」

なにげないふうに矢島は尋ねた。横浜から蒲田なら電車で二十分だ。

「え、横浜？　わたし行ったことないけど」

矢島は身を起こして、女の顔を正面から見つめた。アーモンド形の大きな目だ。小柄だが手足が長い。それでいて、ふくよかなバスト。しばらくして、女の顔にさっと影が走った。矢島に気づいたのだ。

「べつに、なにもしやしないから」

そう言いかけたとき、カーテン一枚で仕切られたとなりのベッドから女の悲鳴が上がった。カーテンがさっと開いて女が飛び込んできた。あの少女だった。

素っ裸になった禿げ上がった五十すぎの男が目をらんらんと輝かせて、のっそりと現れた。少女は奥の壁に、まわりこんで、そこにしゃがみ込んでしまった。

「マーメイ」少女が叫んだ。「わたしに本番させようとするの」

下着姿の男が、のしのしと矢島の頭の上を歩いて、少女に近づいていく。男が少女の肩を持って立ち上がらせたとき、マーメイは、男の手を少女から切り離して、かばうようにその前にたちふさがった。

「お客さん、何すんのよ」

「なんだテメェは」

「この子の身内だよ」

「身内もヘチマもねーだろ。さっさとその女をよこせ」

マーメイをどかせて、少女の腕をとろうとした瞬間、矢島は男の手首をとった。

「おじさん、条例違反だ」

男は血走った目を矢島に向けた。

矢島は肩に力をいれた。盛り上がった筋肉を見ただけで、男はひるんだ。すごすごと、となりのベットに戻ってしまった。あわただしく服を着る音が聞こえる。

「ありがとございます」マーメイは言った。「小芳（シァオファン）、あなたもお礼を言いなさい」

少女はちょこんと立ち上がると、軽くお辞儀をした。

「あんたの妹さん？」

「ちがうよ。この子は」

「でも親しそうじゃないか」

「この子と？　よくわからないんだよ。一週間前に入ってきたばかりだし」

「しかし、大丈夫なのか？　なんでもありの店だと思うが」

「この子だって、わかってるのさ。それよりお客さん、横浜からわたしを追いかけてきたの？」

「そんなところだ。一目見てあんたのファンになった」

「うそばっかり」

「百年越しに出会えたいい女にうそはつかない」

　マーメイは負けたという感じで、

「あそこは週に何回か、手伝いに行くだけだよ」

「ずいぶんと物騒な店だな」

「あのコック？　知らないよ、名前もなにも」

「コックはどうでもいい。あんただ。どうして、同じ日に別々の場所で二度もこうして顔を合わせるのかな？」

「あなたが追いかけてきたんでしょ？」

「この際、それはどうでもいい。ここを出よう」

「いいけど、小芳はどうする？」

マーメイが声をかけると、少女もこくんとうなずいた。

そのとき、表でドンという音がした。ドアのひしゃげるような音とともに、怒号が響き渡った。中国語だ。

マーメイが矢島の顔をにらみつけた。矢島はおれじゃないという顔で、首を横にふった。急いで上着を身につけ靴をはく。マーメイと小芳も、あわただしく服を身につけはじめた。

カーテンのすき間からドアの方向を見やる。

店長の女が待合室の壁に張りついて、へたりこんでいる。きっちりしたスーツを着込んだ男たちが手荒くカーテンを引いて中を確認している。警察の手入れには見えない。

――こいつらはおれを尾行してきたのか。それとも、べつの目的があるのか。

カーテンの中にいた男たちが、次々と裸のまま放り出される。

スーツ姿の乱入者は三人だ。統制の取れた、きびきびした動きで次々に調べていく。

この連中を三人まとめてでは分が悪い。そのときだった。

甲高い声を発しながら、マーメイが部屋から躍り出た。その手にしているものを矢島はまじまじと眺めた。青龍刀？　どこから持ち出してきたのだ。

マーメイは廊下にいる男にむかって、青龍刀をふりかぶった。奇声を発しながら、マーメイは青白く光る刃をふり下ろした。

どうにかよけた男は、壁にぶつかり、そのまま廊下に倒れた。その背中にむかって青龍刀をふり下ろそうとしたマーメイを、うしろにいた男が抱きかかえた。

青龍刀があっけなくもぎ取られる。もうひとりの男が罵りながら、マーメイに歩み寄った。そのまま、マーメイの顔めがけて拳をくりだした。

鈍い音とともに、マーメイが駆けよった。マーメイは顔面で炸裂したパンチとともに床に沈んだ。

マーメイに小芳が駆けよった。マーメイは顔面で炸裂したパンチとともに床に沈んだ。

男らが見逃すはずがなかった。小芳が男たちに捕まった。

「おまえも水天法か？」

男のうちのひとりが、小芳の顔をつかんで中国語で問いかけた。

小芳はまったく理解できていない。

もうひとりの男が床に突っ伏したマーメイの髪をつかんでねじ上げる。そして同じことを訊いた。マーメイは首を横にふり、必死の形相で否定する。

それがかえって、矢島には不審に思えた。

矢島はカーテンを引いて、廊下に出た。ゆっくりと男たちに近づく。

マーメイの背中に乗っていた男が矢島を仰ぎ見た。両脇にいる男たちが、とつぜん現れた矢島の顔をいぶかしげに見やった。

「離してやれ」

矢島は中国語で言った。

フリーになっていた男が右手に青龍刀を高くかかげ、矢島に向かって突進してきた。青龍刀が矢島の顔めがけて飛んでくる。

間一髪のところで矢島は、後ろ手に隠していた竹カゴを頭上に持っていった。青龍刀の刃が食い込んできて、たちまち竹を切り裂いた。かろうじて残っていた最後の一本のところで刃が止まった。

矢島はそのまま竹カゴを左手に落とした。ふいに消えた青龍刀を拾いあげようとした男のアゴに矢島はするどい蹴りを入れた。

もんどり打って男が仰向けになり床に転がった。

顔を押さえ込んでいた男が、膝立ちになったかと思うとそのまま、突進してきた。なんとも言えない声を発しながら、半身にした体から右腕をくり出してくる。

矢島はわずかに右前によけた。顔面に近づいてくる右腕上腕部を両手でつかむ。そのまま、右手を男のアゴに回した。右肘全体を男の首に巻きつけるようにして、体勢を崩した。ゆらりと男の体が踵(かかと)から宙に浮いた。そのまま後頭部から床に叩きつけた。男は一瞬で意識を失った。

そのときだった。地響きのような喚声が響き渡った。ひとりまたひとりと、男たちが次々に店内に乱入してきた。あまりの多さに抵抗する間もなかった。

床に横たわっていたマーメイをかつぎ上げ、あっという間に外へ持ち運んでいった。意識を失っていた男たちも、外へ連れ出されていく。

引き裂かれたカーテンと、鈍く光る青龍刀が床に転がっているだけだった。

小芳が床に両手をついて、呆然とドアの方向を見守っている。店長の女が壁を向いて、がくがくと体を震わせていた。

矢島はスマホで、マツバを呼び出した。松堂警部補だ。

「どこにいる?」

矢島は訊いた。

「ティアラの手前に」

それだけ訊くと、矢島は店を飛び出た。

停まっていた黒のミニバンに女がむりやり乗せられたのが見えた。ドアがスライドしたかと思うと、狭い路地を一気にミニバンは走り去っていった。

後方から重いエンジン音をとどろかせた白のスカイラインGTが走り込んできた。矢島の真横で停まると、運転席にいるマツバが助手席に移動した。

矢島は運転席に飛び込んでアクセルを踏んだ。

「ミニバンは見たな?」

「もちろん。ケンがバイクで追いかけています」

「よし」

マツバが警察無線のスイッチを入れると、聞き覚えのあるケンの声が響いた。

〈こちら、ケン〉

マツバが無線機のマイクをとった。「どっちだ？」

〈環八(かんぱち)を羽田(はねだ)方向に向かっています〉

「張りついてくれ」

〈了解〉

「男たちは見たか？」

矢島は助手席にいるマツバに訊いた。

「あちこち散らばって、逃げていきました。何者です？」

「中国語を話していた」

「蛇頭(じゃとう)か何か？」

「わからん」

矢島にも男たちの正体が見当つかなかった。

急ハンドルを切り環八に飛び出した。ぐんぐん加速させる。

ずっと先に、全身黒ずくめのライダーが見えた。ケンだ。その前方にミニバンがいる。

行く手の信号が、連続して黄色から赤になろうとしていた。いっせいに、クルマの列がのろくなる。

その中で路肩に飛び出してきた一台のクルマがあった。

ミニバンだ。スピードを加速しながら、交差点に走りこんでいく。けたたましいホーンが鳴り響いた。左右から走り込んできた一般車両が急制動をかける。それらを交わすように、ミニバンが赤信号を突っ込んでいった。大鳥居(おおとりい)の交差点だ。

そのあとをケンが乗るＢＭＷＲ１２００がジグザグに蛇行しながら追従していく。

マツバが窓を開け、天井に赤色灯をつけてスイッチを入れた。音は発生させない。それでも前方のクルマが左右にどけていった。

そのあいだを矢島は走り抜けた。

ランクルは取りに戻れないが、ＧＰＳを取り付けてあるから、場所は一目瞭然だ。麻里のスマホに、ランクルを取りに来るよう伝言を入れる。

〈こちらケン。ミニバンは羽田のランプから首都高一号線に乗りました〉

「了解」

マツバが答える。

矢島は羽田の交差点を左にとった。首都高まで一気に駆け上がる。はるか先のゆるいカーブだ。ケンが乗る銀色のＢＭＷが、車体を路面にこすりつけるほど倒し込んでコーナリングしている。

矢島はアクセルを一段、踏み込んだ。

「女は何者ですか？」

マツバが訊いた。

矢島は、女がマーメイと呼ばれ、青龍刀を持ち出して抵抗した一部始終を話した。

「あの女が青龍刀を？」

マツバが驚きの声を上げた。

「ベッドの下に隠してあったと思う」

「やばい女だな。不法滞在者かもしれないですね。ティアラを調べますよ」

「宝来はその後、どうなった？」

「もぬけの殻です」

ケンのBMWとその先を走るミニバンが見えた。五百メートルほどの距離がある。

ミニバンは百キロ走行だ。こちらをまいたと思っているのかもしれない。

昭和島（しょうわじま）ジャンクションから、東海（とうかい）ジャンクションへ進む。首都高速湾岸線に入った。

そのまま北上する。

ケンがミニバンのナンバーを報告してくる。すぐさま、マツバがそれを照会した。盗難車のようだ。

「どこ行くのかな？」

マツバが洩らすと同時に、ＢＭＷが首都高大井南出口に下りていった。

そのまま、湾岸道路を走る。クルマが混んできた。交差点にさしかかった。

ミニバンがいきなり右レーンに割りこんだ。交差点に入ると、そのまま右に曲がった。

走ってくるクルマの鼻っ面をかすめるように、ＢＭＷが右方向へ走り込んだ。

矢島もワンテンポ遅れて、交差点を右折する。

ＢＭＷがまた右に曲がった。来た道を逆戻りするコースだ。

下道をしばらく走ったかと思うと、ふたたび首都高速湾岸線に入った。

ＢＭＷがみるみる加速していく。ミニバンに勘づかれたのか。それとも、最初からふりきるつもりでこのコースをとったのか。

ミニバンが、猛スピードで、クルマを抜きながら、走っていた。百二十キロを超えていた。ぐんぐん加速しながら、多摩川河口のトンネルに突入していく。

路面を這うような低い音とともにミニバンは、猛烈な速度でゆるい傾斜のついたトンネルを疾走していった。五分もしないうちに、ふたたび地上に出た。

夕日がまぶしい。アクアライン方向か。

急角度のヘアピンカーブが目前に迫ってきた。ケンがＢＭＷを深く右に倒し、路面に体をこすりつけるようにコーナリングしている。

曲がりきり、しばらくストレートを走った。矢島は嫌な予感を感じてスカイラインを加速させた。

あのミニバンは、こちらをわかっている。このままではすまさない。左カーブをＢＭＷが駆け抜ける。矢島もそれに従った。

そのときだった。ＢＭＷが急制動をかけた。白煙とともに後輪が宙に浮いた。重心が前方に傾いたのだ。目前でミニバンが減速していた。ＢＭＷを追突させる腹だ。

マツバがマイクを握った。ときは遅かった。

ＢＭＷは、着地したかと思うと、テールを左右にふった。バランスをくずし、ケンの体が路面に落ちた。くるっと一回転し、仰向きの姿勢で壁に向かって滑っていく。ＢＭＷがその右側に倒れ込んだ。

矢島はケンをカバーするように後方ぎりぎりについた。

壁の手前でケンの体が止まった。這い上がり、右手を上げて大丈夫だとジェスチャーを示した。

スカイラインのアクセルを八分ほど踏み込んだ。チューニングしてある。それだけで、スピードメーターが二百キロを超えた。たちまちミニバンに追いつく。二台はアクアラインのトンネルに吸い込まれていった。川崎（かわさき）市と対岸の千葉県木更津（きさらづ）市を結ぶ高速道路だ。

10

トンネルに入ると、ミニバンはスピードをゆるめた。スカイラインをぴったりうしろに着ける。スモークフィルムごしに、こちらを窺っている気配が感じられた。

五分後。バックミラーにパッシングの光が映った。ケンが乗るＢＭＷだ。立て直して追いついてきた。

安全のためにミニバンとの距離をおく。

アクアラインの長いトンネルをひた走る。

やがて、出口に黄金色に染まった空が垣間見えてくる。

ようやくトンネルを出た。左右に海ほたるの施設が見える。アクアラインの中間にある巨大なパーキングエリアだ。クルマは少ない。

ミニバンから五十メートルほど距離をおき、海ほたるのあいだを走り抜ける。

木更津方面に向かって、ミニバンは急いでいる。

これから先にトンネルはない。海面から三十メートルの高さにある橋梁が連続する。

左手。海ほたるから本線に出てくる連絡道で動くものがあった。

ずんぐりした灰色のバンだ。ミニバンと並行する形で走り寄ってくる。

アメ車だ。ダッジ・ラムのバン。運転席は左側だ。

矢島は急加速して二台の後方に張りついた。ダッジ・ラムの助手席に座る金髪の男が黒光りするものを構えた。矢島は唾を呑みこんだ。

ハンドガンではないか。キンバーのガバメントタイプ。

窓ガラスがゆっくり下りると同時に、ダッジ・ラムは、加速しはじめた。前方を走るミニバンに近づいていく。

進入車線が尽きるとき、ダッジ・ラムの助手席から男が身を乗り出した。サングラスをはめていて表情がわからない。ミニバンの助手席に向かって、ハンドガンを突き出す。

乾いた音がぱんぱんと響いた。ミニバンのガラスが、割れて破片が飛び散る。

ミニバンはどうにか右側によけた。

そこを走っていたクルマが急ブレーキをかけて、スカイラインの前方に立ちふさがるように横向きになる。

矢島はブレーキとアクセルをコントロールしながら、どうにかそれをかわした。そのまま、前方を走る二台のクルマの後ろに着く。

ダッジ・ラムから、連続して銃弾が撃ち込まれた。ミニバンの左側の窓が粉みじんに砕けた。

数えて十発目のときだった。金髪の男が狙い澄ましたようにミニバンの後輪を撃った。

ミニバンは左側に傾いたかと思うと、橋の欄干によりはじめた。

スピードが遅くなり、路肩に停まった。ダッジ・ラムはその前方で静止した。

矢島はスカイラインをミニバンの後方に停めた。ホルスターからベレッタをとりだし安全装置を外す。トリガーに軽く指をあて、外に出る。

横殴りの風をまともに浴びた。欄干の下に広がる東京湾に足がすくんだ。

かがんだまま、路肩を進む。左後部タイヤが破裂したミニバンの横につく。

ダッジ・ラムは停まったままだ。

中から人が出てくる気配はない。

連中はいったいどこの何者か。

蒲田から動いてきた自分たちを捕捉していたように思われた。いやもっと前からか。

ミニバンに乗る男たちに向かって躊躇なく攻撃した。

はっきり敵とわかっている様子だ。

少なくとも、自分たちを狙っている様子はない。

ミニバンの真横から後部座席をのぞきこむ。ふいにドアがスライドして開き、嬌声とともにスーツ姿の男が飛び出してきた。

矢島は頭を低くして、男を正面から受けた。男の上体が、矢島の肩に乗り上がるのを感じた。そのまま起き上がり、右手で男の腰をふりあげた。

男の体が欄干からはみでた。手をつかもうとしたが、間に合わなかった。男は、はるか下にある海に向かって落ちていった。

運転席と助手席にいる男の体から大量の血が流れていた。助手席の男のこめかみはぱっくりと割れて血が噴き出ている。

後部座席の右側に女が身を丸くして、横たわっていた。頭の上にショルダーバッグを置いて身を守っている。ちぢこもった膝ががくがく震えていた。傷は負っていないようだ。矢島が声をかけても、ショルダーバッグをかかげたまま、顔を上げようとしない。

前方に停まっているダッジ・ラムから、人が動き出す気配はない。

あとからやって来たマツバが、助手席の男の首に手をやり脈をとった。

死んでいるようだ。ケンが運転席のドアを開け、運転席の男をチェックした。

「だめです。死んでいます」

「ケン、よけろっ」

マツバが声を上げると同時に、黒っぽいものが右後方から走りこんできた。

ダッジ・ラムの真横で黒いセダンが急停車し、窓から複数の腕が伸びた。すべて拳銃が握りしめられていた。ダッジ・ラムの窓に向かって、猛烈な勢いで撃ちはじめた。

ケンとマツバがスカイラインのうしろに隠れた。

矢島はミニバンに乗り込むと横たわっている女の上におおいかぶさった。

銃撃が見えるところまで顔を上げ、前方を見やる。

ダッジ・ラムは防弾仕様になっているようで、びくともしない。

セダンはダッジ・ラムの行く手を阻む位置まで動いた。

セダンの後部座席から黒服を着た男が降り立った。バールを握りしめている。男はダッジ・ラムの窓めがけて、それを横殴りにふり下ろした。

剝がれるような音がして、窓が少しだけ壊れた。容赦ないやり方だった。

ミニバンにいた中国人の加勢と思われた。ダッジ・ラムの連中も、黙ってはいないだろう。ここでじっとしていては、やられる。

矢島は女の顔に手を回して、ふりむかせた。

「マーメイ、おれだ。わかるか」

マーメイの顔に、一瞬だけ安堵感が広がった。さっきまで一緒に店にいた客だとわかったのだ。

「わけのわからん連中が躍起になってる。狙いはマーメイ、おまえだ」

マーメイは眉をしかめ、祈るような形相で矢島の顔を見返してから、ゆっくりと起き上がった。

マーメイの目は前方をにらんだまま瞬きもしない。バールを握りしめた男をじっと見つめている。幽霊にでも出会ったような顔だ。恐怖の色がにじみ出ている。いつ持ち出したのか、ショルダーバッグを肩にかけている。

矢島はマーメイの腹に手を回し、頭を低くさせてクルマから降ろした。

まだ銃撃が続いている。

スカイラインの後方で、マツバとケンが拳銃を構えたまま、身を硬くしている。

「ここはたのむ」

矢島が言うと、マツバがうなずいた。「大丈夫です。ヘリを呼びました。それより女を」

矢島はBMWの横に転がっているヘルメットを女にかぶせ、抱き上げるようにして、バックシートに乗せた。運転席にまたがり、エンジンスタートボタンを押す。六気筒(ろっきとう)エンジンが低い音を発して動き出した。

矢島はマーメイの両腕を自分の腹の前に持ってきて、がっちりと両手を組ませた。

どんなことがあっても、しがみつけ。耳元でそう怒鳴ると、マーメイはこっくりとうなずいた。まだバールを持つ男のほうを見ている。

ローギアに入れ、スロットルを絞った。一気に加速する。またたく間に、セダンのわきを通り過ぎた。

拳銃を撃っていた男たちが気がついた。呆然と見送るしかなかった。

あの男たちは、マーメイが目当てだ。たぶん追いかけてくる。バックミラーで覗こうとしたが、壊れていて使い物にならない。

追い越し車線に入ったまま、木更津方面に向かう。スロットルをもう一段開くとあっという間に百五十キロに達した。マーメイがぴったりと体を張りつけてくる。

アクアラインを渡りきった。アクアライン連絡道を東南に進む。

高速は空いていた。首をねじ曲げ、後方をふりかえる。追尾してくるクルマは見えない。ふりきったか。そう思った瞬間、小さな点が見えたかと思うと、それはみるみる近づいてきた。中国人の乗ったセダンだ。ダッジ・ラムはついてきていない。

しつこいやつらだ。矢島はスピードをゆるめた。

後方五十メートルのところまで、セダンをひきつける。セダンもスピードを合わせてきた。そのまま距離をおいて、ぴったり張り付いてくる。

一キロ先は、木更津ジャンクションだ。様子を見る。

バイクだからだろうか。あえてこちらを止めようとしない。

追い越し車線からゆっくり左にハンドルを切る。ジャンクションが目前に迫ってきた。進行方向左側の千葉方面のレーンに入った。スピードをさらに落とす。少しだけセダンが近づいた。

後方をふりかえる。セダン以外にクルマはない。

本道から別れ、完全にレーンに入った。その瞬間、急制動をかけた。テールが持ち上げられ、マーメイの体が密着してくる。タイヤのきしむ音が後方から降りかかってきた。振り返るとセダンは、二メートル真後ろのところで停まっていた。

胸元に回されたマーメイの腕を叩き、

「しがみつけ」

と耳元で怒鳴った。

腰を浮かせマーメイを背負うように前のめりになる。ブレーキを目一杯かけ、フロントに全体重をかけた。同時に車体を右に傾ける。その状態でスロットルを思いきり絞った。後輪が宙に浮いたようにホイルスピンをはじめた。テールが一気にふられて、バイクごとその場で百八十度回転した。セダンの運転席にいる男が驚きで目を見張った。

間髪を入れずレーンを逆走した。二秒とかからず分岐に達する。バイクを左に倒して本道にもう一度入った。

切り返しもできず、セダンはレーンの途中で止まったままだ。

ゆっくりと本道を進む。

マーメイが肩で息をしている。息が止まるほど締め付けられていた腕をほどいた。

「もう大丈夫だ」

館山自動車道に入り、君津方面に進路を取った。

耳に小型ヘッドセットをつけて、アクアラインに残ってるマツバを呼び出した。

ヘリが到着して死体を収容中という。ダッジ・ラムは消えたとマツバは言った。

11

千葉県鴨川市の太海にある矢島の別荘に着いた。すっかり日は暮れていた。海岸沿いの幹線道路から二キロほど山間に入った場所だ。南向きに建てられたログハウスで、近くに集落はない。山あいから眺める外房の海に漁火が浮かんでいる。

矢島に先立って、マーメイはおそるおそる家の中に入っていく。矢島は疲れた体をソファに横たえた。部屋をひととおり見て回ったマーメイが階段を下りてきた。

「ちっぽけな家だ。誰も潜んでなんかいない」

矢島が声をかけるとマーメイは台所を調べはじめた。

あれだけの仕打ちを受けたくせに、けろっとしている。神経が太いのか、それとも別の疾患でも抱えているのか。

猛烈に腹が減っている。マーメイも同じだろう。といっても保存用の食料しか買い置きはない。

目を閉じていると、いつの間にか浅い眠りに落ちていた。目が覚めたとき、目の前のテーブルには夕食が並んでいた。ベーコン入りのパスタと見かけない種類の野菜のソテーだ。口に含んでみると、塩コショウ風味のさっぱりした味が広がった。

野菜の買い置きはないはずで、訊いてみると、裏山に生えていたハーブだという。テレビをつけてニュースのチャンネルに合わせる。アクアラインの一件について報道はない。

コップに注がれたワインを半分ほど一息に飲んだ。シャトー・マルゴーだ。喉が渇いているらしく、がぶ飲みするマーメイに、

「ここぞというときのためのワインなんだがな」

とからかった。

「きょうがその日よ」滑らかな日本語だ。

「いったい、何の日だ」

「わたしたちが出会った日に乾杯」

とマーメイはいたずらっぽい澄んだ目で、コップを合わせる。

知らぬ間に矢島のTシャツに着替えていた。小柄なうえにだぶついているので、ふくよかな乳房が隠れている。

台所の片隅で、モバイルパソコンが開かれたままになっている。

「さっきから、ネットで何を見ている？」

矢島は訊いた。

「料理メモ」

「CCTVを見ていたんだろう？　ニュース専門チャンネルを」

インターネットで視聴できる中国の国営放送だ。

マーメイは平然とした顔で、「わかっていたのね」と言った。

「気になる」

「え？　あなたも中国が？」

矢島はソファから身を起こした。「きみだよ」

マーメイは肩まで垂らした長い髪に手をやり、媚びを売るような目で矢島を見やった。

「わたし？　中華料理屋のアルバイト店員だけど」

「そんな娘をわけのわからない中国人が束になって追いかけている。道理があるか？」

「人違いと思うけど」

「冗談はよせ。もう四人死んでいる。連中は何者なんだ？」

「荒っぽい。爆窃団よ」

「時代遅れの言葉は聞きたくない。せめて蛇頭ぐらいは言ってもいい」

中国人の密入国を手伝う組織だ。

中国マフィアや日本の暴力団ともつながりがある。

「蛇頭……そうかもしれない」

「爆窃団と言ったくせに」

「ああ、ごめんなさい。たぶん、仲間内で盗んだ金の分配かなにかでもめたんだわ」

「……きみも爆窃団の一員なのか？」

「わたしが？　どうして？」

「狙われていたのは、きみだからだ」

とんでもないという顔でマーメイは片づけをはじめた。

流しで洗い物をしながら、ちらちらとパソコンを見ている。

矢島が横から覗くと、いきなりマーメイは矢島の体に腕をまわし、爪先立ちになって唇を合わせてきた。

矢島は抵抗せず、そのままでいた。

マーメイはゆっくりと唇を離した。「きょうは、ほんとうにありがとう」

「手助けできて光栄だ」

「あなたがいなかったら、わたしはいまごろ死んでいた」

「死んではいないが、連中に連れ去られていただろう」矢島はマーメイの顎に手をやり上を向かせた。「金棟生（ジィンドンシオン）は爆窃団か？」

同じ店で働いていたコックの名前が矢島の口から出て、マーメイは驚いたようだった。

矢島は続ける。「半年前、大阪で貴金属店が襲われた。そのときの内輪もめにしては、やけに時間がかかるな」

答えるかわりにマーメイはふたたび唇を合わせてきた。ディープキスだ。

　矢島は細い腰元に手を回した。

「何を知りたいのかしら？」マーメイは言った。

「きみについてだ。何もかも知りたい。本名は？」

「失望させることになるかもしれないけど、いい？」

　矢島は黙ってマーメイの目を見つめた。

「名前は馬美帆(マーメイファン)……巡回員(シュンホイユアン)をしてるの」

「中国人研修生の？」

　マーメイはこっくりとうなずいた。

　日本の技術を習得するという名目で、日本人が嫌う農業や酪農の過酷な現場に送り込まれてくる中国人だ。低賃金労働を強いられるものの、農村部に住む貧しい中国人にとって絶大な人気がある。送り出す機関は、彼らが自暴自棄にならないよう監視を怠らない。その役目を負うのが巡回員だ。

「立派な職業だ」

「そうかしら」

「青森国際大学」矢島は言った。「黄建人(ホアンジィエンレン)。彼もきみの担当か？」

　マーメイはまじまじと目を見開き、小さくため息をついた。

「あなたって、何でも知っている」

「きみが勤めている店の馴染み客だ。青森からはるばる来るのか?」

マーメイは負けたという顔つきで、

「そうよ。わたしの担当だったわ」

「黄がどうなったか、知っているな?」

マーメイは眉間にしわを寄せ、悔しそうに口にした。「盗人の真似をしたみたい」

「どこから聞いた?」

「中国人のあいだで知らない者はいないわ。大学の研究室を襲ったんでしょ? それで殺されたのよね」

実際は逃げる途中で水死したが、矢島は口にしなかった。

「黄建人はどこで働いていた?」

「どこだったかしら」

マーメイはとぼける。

スマホにマツバからの着信が入ったので、窓際に寄った。

アクアラインで殺された二人の男の身元はわからないと。ダッジ・ラムも消えたままわからないという。登録されていないナンバーで、持ち主は不明らしい。矢島はいまいる場所を教え、スマホを切った。

食器の洗い上げに戻ったマーメイは、テレビのニュース番組を気にしている。テレビには横須賀港を出港するアメリカの軍艦の映像が流れている。

〈……昨日入港したばかりの米海軍ミサイル駆逐艦が補給を受けて、出港していきます。また、不穏な動きを見せている中国海軍の動静を探るため、舞鶴港から日米の音響測定艦が出港し、対馬海峡方面に向かったとの情報も入ってきております……〉

音響測定艦は潜水艦の探知を専門にする船だ。日米の二隻とも出港したというのは異常だ。アメリカの音響測定艦の動静は秘中の秘のはずである。

「シャワーを浴びてくる」矢島はマーメイに声をかけた。「ここまでは追っ手も来ないから安心していい」

「ありがとう」

「今夜はゆっくり休め」

物音がして眠りから覚めた。となりのベッドで動く気配がした。午前二時を過ぎている。

マーメイが矢島の毛布の中に潜り込んできた。下着一枚、身に着けていない。

「さっきはどこへ電話していた？」

矢島は訊いた。

寝入りばな、マーメイは矢島のスマホを使っていたのだ。

「どこへもかけていないけど」

いかにも、白々しいうそをつく。

「履歴は消しても、あとで調べればわかる」

「かまわない」

言いながら、マーメイは矢島の体に絡みついてくる。薄明かりの中ですらっと濡れて光る瞳を見つめた。

「マーメイ、日本語はどこで習った？」

「北京の日本人の家で家政婦として住み込みで働いていたの。やさしいご主人だったわ。それで日本語に興味を覚えたの」

「出身は？」

「ハニ族」マーメイははにかむように言った。「知ってる？」

「たしか雲南省だな」

ハニ族は少数民族だ。経済的に豊かではない。

「そう。先祖代々険しい山の段々畑で、お米やお茶を栽培してきたの」

「ひょっとして花嫁として売られた？」

マーメイはクスッと笑みを洩らした。「たった三百元でね。ひどい亭主だったから、その日本人の家に逃げ込んだのよ。どうかした？」

「てっきり、広東省出身だと思っていた」

「どうして？」

マーメイは矢島の胸元に手をあてがった。

「コックの金棟生は広東省出身だから、同郷だと思っていた」

「彼とは違うわよ」

「やつは日本に来る直前、海南島の三亜ホテルに泊まっていたらしい。聞いているか？」

「三亜ホテル……たしか、中国海軍の軍人さんたちが常宿にしていたはずだけど」

「よく知っているじゃないか。ついでに訊くが、金棟生は広東省の環境保護団体に所属していたというが本当か？　水天法といったはずだが」

「初耳だわ。環境団体ね……そういえば、江門市にある化学工場で環境汚染がひどくなったというような話は訊いているけど」

江門市は広州のとなりだ。

「いつの話だ？」

「去年、北京に帰ったときにテレビで見たわ」

喉が渇いたと言うと、マーメイは冷蔵庫から缶ビールを持ってきてコップに注いでよこした。一息に飲み干す。

「宝来は地下教会だろ？」

矢島は訊いた。

マーメイはきょとんとした顔で矢島を見た。「なにかしら？」

「しらばっくれるな。水天法のパンフレットが堂々と置いてあった」

「ああ、あれ。わたしは知らないけど、研修生の中には信者もいるわよ」

「研修生だけか？」

「ほかにもいるかもしれないけどね」マーメイはふいに思い出したように仰向けになった。

「そうそう、三亜ホテル。泊まっていた人がインフルエンザに感染して死んだはずよ」

「インフルエンザで？」ただ事ではないと思った。「何人死んだ？　ニュースでやっていたのか？」

「たしか三人か四人……ねえ、それくらいにしない？」

マーメイは矢島の胸元に指を這わせてきた。やおら爪先立ちになり、唇を吸われた。

不意を突かれて、逃れられなかった。しばらく、マーメイのなすがままになる。

こんなときに、と矢島は思った。

しかし、ここで拒むのは得策ではない気がした。マーメイの華奢な肩に手を回し、ゆっくりと体を離した。

りそうだ。


「あわてるな」

矢島の呼びかけに応じない。がむしゃらに、しがみついてくる。

仕方なく、なすがままになった。聞かなければならないことがある。それも後回しにな

12

悲鳴がした。目を開けると、目の前に男の顔があった。馬乗りになり、矢島の喉を締め付けてくる。マーメイが数人の男に抱きかかえられるようにして、部屋から連れ出されようとしていた。うむを言わせないやり方だ。全員、背広を着ている。ティアラを襲った連中と同じ格好だ。

跳ねのけようとしたが、体が動かなかった。節々が鎖でつながれたように重い。

男は力をゆるめず、前かがみになってのしかかってくる。

腹筋に力をこめ、足をふり上げる。そのまま、ベッドに落とした。

その反動を使って、男の上体を浮かせた。喉元にかかっていた手が、ようやく離れた。

一瞬ひるんだすきに、指を二本立てて、男の目をめがけて突き刺した。

くぐもったうめき声とともに、男がベッドの下にずり落ちた。

上体を起こす。床に足をつき、立ち上がろうとした。

その瞬間は頭が空白になったように体全体がふらついた。この感覚はと思った。強烈な睡眠薬だ。

寝る前に飲まされたビール。マーメイが、この自分から逃れるためにあの中に盛ったのだ。

頬を叩いて、どうにか立ち上がった。壁伝いに居間に入った。

三人がかりで、マーメイが外に連れ出されようとしている。

いったい何者なのだ。この自分にクスリを盛ったマーメイがなぜ……。

矢島に気づいた男たちのひとりがふりかえった。

マーメイから離れ、矢島に向かって突進してくる。

右足をうしろに引き、腰を落とした。ふりかぶってくる男の右拳をかろうじてかわす。身を低くして、右肘を打とうとした。力が入りきらない。

しゃにむに相手の腰にしがみつく。そのまま押し込んだ。

ジリジリと男は後退した。マーメイが外へ連れ出されていく。

この連中はいったい何者なのか。どうして薬を飲ませた当の本人のマーメイが拉致(らち)されようとしているのか。

男の右肘を逆手にとり、時計回りにねじった。半身になった男のすねに蹴りを入れる。

そのまま床に崩れ落ちた。

重い足を引きずるようにドアに向かった。靴を履く余裕はなかった。

裸足のまま外に出る。その瞬間、左右から男たちが飛びかかってきた。

相手の動きが早かった。たちまち、羽交い締めにされた。体を倒し、抵抗する。

後頭部に激しいショックを感じた。漆黒の闇に吸い込まれるように矢島は意識を失った。


目を覚ましたとき、ベッドに横たわっていた。

大柄なマツバの体がすぐ脇にある。

「やっと起きてくれた」

マツバは言った。

「何時になる？」

「十時。スマホで連絡が取れないので、来てみたんです」

ベッドサイドに置いてあったスマホが消えていた。賊が持ち去っていったようだ。

渡されたペットボトルの水を一気に飲み込む。冷えていて、旨い。

ようやく頭が覚醒した。マツバに介助されて体を起こす。頭の芯に痛みが残っているが、
意識ははっきりしている。

昨夜来起きた出来事を話すと、マツバは大げさに言った。

「ロンほどの人が」

「何とでも言ってくれ」

立ち上がると足元がふらついた。強いクスリを盛られたようだ。

マツバからホルスターに収まったベレッタを渡される。

拳銃は奪われていない。矢島が目的ではなかったようだ。

「しかし、あの女、助けられたくせに、睡眠薬を盛ったんですか」

「おれからも逃げるつもりだったんだろう」

「玄関のドアがこじあけられていました。足跡からみて、最低でも五人」

「それくらい、いたかもしれん」

「拉致していった連中はどんな人間でしたか？」

「わからん」

男らは、一言も言葉を発しなかった。

一糸乱れないあの息づかいは全員がプロだ。それにしてもなぜこの別荘がわかったのだろう。組織立った人間たちの仕業だ。どこの組織なのか。マーメイ個人を狙っての仕業なのか。それとも、奪われたウイルスに関わることなのか。あるいは、地下教会に関わる闇の勢力……。

表に出てみると、バイクはなくなっていた。ケンが乗って、一足先に帰っていったという。せき立てられるように、マツバが運転するアルファードの助手席に乗り込む。

「どこへ行く?」

矢島が訊くと同時に、勢いよくクルマが発進した。

「辰巳埠頭(たつみふとう)です」

マツバが大柄な体を窮屈そうにして答える。

「江東区(こうとう)の辰巳?」

「ウイルス強奪犯の連中が見つかりました」

貨物埠頭で見つかったというのは、何を意味しているのだろう。

房総スカイラインに入ると、マツバはクルマを加速させた。「きょうの朝、連中を乗せたセダンが、貨物埠頭から転落したという通報が入ったんですよ」

「乗っていた人間は助かったのか?」

「残念ながら水死体で見つかりました。ふたりです」

一味のうち、青森国際大学に籍を置く黄建人(ホアンジィエンレン)は死んでいる。残るふたりが見つかったのか。

「ウイルス強奪犯とわかった理由は?」

「車内から田上研究室のタックルバッグが見つかったようです」

太い腕で器用にハンドルを切る。

「インフルエンザウイルスの試験管が収まっていた?」

川に落ちたとき、強奪犯がつかまったものだ。

「そうです。ただし試験管はなくて、空っぽ。バッグに田上研究室と書かれたシールが貼られてあった。ふたりの身元が確認できました」

マツバは、上半身裸で目をつむった男の顔写真を懐からとりだして見せた。長髪で面長。死に顔だ。

「程果夫（チオングゥオフ）、二十八歳、新宿の中国人専用バーの雇われ店長をしていました。内モンゴル自治区出身。それからこっち」今度は丸顔で短髪の男の写真を寄こした。「陳裕時（チェンユィシィ）、三十二歳。広東省出身で、一年前に観光ビザで来日して、行方不明になった不法滞在者です」

「AFIS（エイフィス）で割れた？」

マツバは黙ってうなずく。自動指紋識別システムだ。

「爆窃団の一味であるかどうか、確認は取れていません」

「水天法との関係はあったか？」

マツバは苦しげに、

「そっちはまったく」

とつぶやいた。

十五分とかからずスカイラインを走り抜け、君津インターから館山自動車道に入った。直線コースを百五十キロの猛スピードで駆ける。

矢島は深々とシートに沈み込んだ。

黄建人はともかくとして、このふたりはどうなのか。岸壁から転落したというのは不可解極まりない。これみよがしにタックルバッグだけあって、中身の試験管がないのはどう見ればいいか。

マツバから新品のスマホを受け取ると、関峰(グァンフォン)に電話を入れた。知り得た中身を話し、マーメイに関する情報収集を依頼する。

警察無線がやかましかった。

〈……本部から各局、本日、Ｊ－Ａｌｅｒｔが発令された。大規模テロの発生に備えて、厳重な警戒をされたい、厳重な警戒を怠るな……以上千葉県警本部〉

「戦争でもはじまるのか?」

矢島は訊いた。

Ｊ－Ａｌｅｒｔ――地震や武力攻撃が発生した場合、瞬時に自治体や国民に通報されるシステムだ。

「今朝方、発報されたんですけどね。さっぱり、わかりませんよ」マツバが答える。「うちの機動隊は全員招集がかかっているし」

「奪われたウイルスをテロリストが使う？」

「どうでしょうかね、それは」

いくら強毒性ウイルスとはいえ、作られていたのはごくわずかのはずだ。それとも、大量に作成されていたのか。

矢島は無線のスイッチを、矢継ぎ早に切り替える。警視庁、航空管制、そして海上保安庁。

〈……こちら〝よなくに〟、現在、石川県能登半島沖約五キロを速力全開にて北上中。北海道方面到着は二〇〇〇の予定〉

〝よなくに〟は最新型の巡視船だ。尖閣諸島の警備で常駐しているはずなのに、千七百キロ以上離れた海を航行している。日本海で何があるというのだろう。

「海上保安庁の巡視船のほとんどが、北海道方面を目指しているようですよ」

マツバが口をはさみ、カーナビの液晶モニターのチャンネルを切り替える。

通常の民放テレビのニュース番組で止める。

厚木飛行場から、Ｐ－３Ｃ対潜哨戒機が飛び立つ映像が流れている。リアルタイムの中継だ。

「第四航空群ですよ」

マツバが言う。

「海上自衛隊か」

海上自衛隊の航空集団に属する部隊で、沖縄方面を除いた日本周辺海域の哨戒を担当しているはずだ。

海上自衛隊のチャンネルに切り替えた。スクランブルは解除されている。

横須賀にある海上自衛隊司令部からの発信だ。


〈……各機へ。ウイスキー2発令中、潜水艦群は引き続き、目標の捜索、追尾に当たれ〉


ウイスキー2は、潜水艦を追跡するときに使うコールサインのはずだ。

昨晩のニュースは本物らしい。

東京湾アクアラインに入った。一般車両が極端に少ない。一キロごとにパトカーが走っている。海ほたるの近くまで来たとき、対向車線に自衛隊車両が見えた。兵員輸送トラックのようだ。装甲兵員輸送車も混じっている。それは延々と続いていた。

「都内は渋滞しているから、避けているんでしょう」

マツバが言う。

「どこへ行くんだ？」

「さあ、どこでしょう……これって、追いかけているウイルスと関係してるんでしょうかね……」

わからない。この先何が待ち構えているのかも。

自然と握り締めた拳に力が入った。

高速を下りて一般道を走った。信号機ごとに警官が立っている。官庁や駅の前には、機動隊のバスが停まっている。異様な光景だ。

モニターには、Ｐ－３Ｃが飛び立っていく映像が果てしなく流れている。

正午近く、辰巳埠頭に着いた。緊急の検問が敷かれたゲートから入った。鉄管や材木の積まれた資材置き場を縫うように進む。一直線に伸びた長い埠頭に、三隻の貨物船が横付けされていた。コンテナが置かれた一帯に、パトカーや警察車両が並んでいた。クレーン車の横に、窓ガラスが割れた白のパルサーセダンが置かれている。パルサーのまわりは水が滴り落ちていた。転落したクルマのようだ。シートの上にタックルバッグも置かれている。

細身のタイトスカートをはいた女が近づいて来た。麻里だ。

すれ違いざま、ランクルのスマートキーを渡される。「お怪我は？」

「大丈夫だ」

そう答えると、さっさと麻里は去っていった。どことなく不機嫌そうだ。

矢島は警官たちをかき分けて、パルサーの中を見た。水浸しだ。人は乗っていない。底に水がたまっている。ダッシュボードの蓋が垂れ下がり、中は空だ。目立った荷物の類はない。

「あんた邪魔だ」

鑑識員に引き戻された。

「ここから落ちたのか？」

矢島は五メートル先にある岸壁を指して言った。先端に十センチほどの突起があるが、スピードをつければ難なく乗り越えられそうだ。

「そうだよ」

鑑識員は胡散臭げな目つきで答える。

「目撃者はいるか？」

「あんた、どこの何者だ？」

声を荒らげた鑑識員の横から宮木が現れた。

「怪しいもんじゃないから」

宮木に促されて、人垣を離れる。

「こんなところで油を売っていていいのか？」

矢島は口にしてみる。

「どうして？」

「来る途中で自衛隊を見かけた。Ｊ－Ａｌｅｒｔの対応で、忙しいはずだが」

宮木は鼻にのせた銀縁メガネのフレームを持ち上げ、神経質そうに顔をゆがめた。

「首相官邸の〝囲炉裏端(いろりばた)〟に徹夜で泊まり込みだよ」

〝囲炉裏端〟は日本版ＮＳＣ——国家安全保障会議の内輪の呼び名。

「よく、抜け出られたものだ」

宮木はむりやり笑みを作ろうとしたが、その顔は笑っていなかった。

「今晩あたりから非常事態宣言が出るのではないか？」

「大げさだな。なあに、メインは自衛隊と海上保安庁だからな。おれたち警察は、せいぜい幹部連中をひとつ部屋に閉じ込めておくぐらいなものだ」

「この騒動は、盗まれたウイルスが原因なのか？」

「それはまだ、囲炉裏端の議題にも上がっていない」

「上がっている議題は？」

「議題はおろか、アメリカからの抗議で大わらわだ」

「何の抗議なんだ？」

「音響測定艦だよ。出港の情報をリークしたのは誰だとお冠だ」

「この忙しいときに犯人捜しでもしているのか？」

「おおかた首相の取り巻き議員連中。去年と同じだ」

中国は去年の五月、二度にわたって沖縄県の久米島周辺の接続水域に原子力潜水艦を潜航のまま侵入させている。自衛隊はアメリカ海軍と協力しながら、対潜哨戒機を飛ばした。その甲斐あって、中国潜水艦を探知できたのだ。

「なんの事態だ。自衛隊も海上保安庁も、こぞって中国の潜水艦捜しをはじめたようだが」

「中国政府に問い合わせているが、まだ回答が返ってこない。いまは国籍不明潜水艦として対応している段階だ。ただし、九十九パーセント中国の潜水艦だな。元はといえば、四日前、喜界島の自衛隊通信所が、東シナ海の海上から発せられた短波無線を傍受したのがはじまりだ」

短波無線は潜水艦が使う通信手段だ。

「べつに珍しくはないだろう？」

「日本海寄りだったから、あわてているんだろうな」

それだけで、Ｊ－Ａｌｅｒｔを出すだろうか。

「で、囲炉裏端の本題は？」

宮木は一呼吸置いてから続けた。

「中国とロシアの動向。それから主に日本海方面での放射能汚染の状況。どうも、潜水艦救難船を従えているらしいが」

「放射能汚染？」

問いかけてみたものの、宮木は言葉を濁すだけだった。

これ以上軍事情勢を訊いたところで、なにもはじまらない。

「盗まれたウイルスの量はどれくらいだ？」

ふたたび矢島は訊いた。

「武蔵医科大学の理事の宇佐見俊夫は、盗まれたのは試験管が三本と言っている」

宇佐見は行方をくらましているはずだが、そうではないのか。矢島はそこには踏み込まず、

「それをばらまけば、相当の死者が出る？」

と訊いた。

「盗まれた分だけでは、パンデミックを引き起こすには足りない。培養すれば別だがな。それだと、月単位で時間がかかる。それよりあれ」

宮木はゲート近くにある管理事務所等を指した。

「あの二階から、クルマが海に転落するのを監視員が目撃した。今朝の六時十五分だ」

「ゲートは開いていたのか？」

「二十四時間、トラックが出入りするから開けっぱなしだ。そこのコンテナ置き場の陰から」宮木はコンテナが置かれた一帯を示した。「かなりのスピードで現れて、まっすぐ海に突っ込んでいったと言っている」

「クルマの持ち主は？」

「盗難車だ。運転席には程（チオン）、助手席に陳（チェン）が座っていた。目立った傷はない。ふたりとも溺死だ」

「大の男同士が手をつなぎあって心中？」

「検証中だ。何か出てくるかもしれんが」

宮木は言いながら、クルマの検証をしている鑑識員たちを見やった。

おそらく、何も出てこないだろう。

しかし黒幕はいる。あえてふたりの死体を差し出すには、それなりの理由（わけ）があるはずだ。

「水天法の関係者の線は？」

「おいおい、なに、わけのわからないことを言ってるんだよ」

宮木がとぼけた感じで答える。

あたりが騒がしくなってきて、ふりかえると、茶褐色（ちゃかっしょく）の高級そうな背広に身を包んだ蔡克昌（ツァイクオチャン）が来ていた。両手を合わせ、祈るポーズをとりながら近づいてくる。

丸顔ににんまりと笑みを浮かべて、「大変な事態になりました」と軽く会釈する。

ウイルス強奪犯が見つかってよかったとでも言いたげな表情だ。

「ここになんの用です？」宮木は言った。「死体は大塚の監察医務院ですよ」

「そちらは引き取る準備を進めておりますので、どうぞご安心を」

蔡は用心深げに目を細めて言った。

「では、お引き取りいただいて結構ですよ」

宮木が嫌みを込めた言い方をする。

「大使から、くれぐれも粗相のないようにと申し伝えられておりますので」横柄な感じで蔡は矢島を見やった。「ウイルスは見つかりましたかな？」

「ご覧なさい。なにもない」

宮木が代わりにタックルバッグを指さす。

「参事官」矢島は言った。「おかげで今朝は頭が痛い」

蔡は申し訳なさそうな顔で、

「ご病気ですか？」

と尋ねた。

「マーメイ、いや、馬美帆に毒を盛られそうになった」

「マーメイ？　はて、どなたでしたか……」

猫かぶりするのにつき合っている暇はない。

「あなたがたが追いかけてる女だ。この海で溺れ死んだふたりの男の仲間だろ?」

「仰る意味が、さっぱりわかりませんな」

「海南島の三亜ホテルで軍がらみの騒動があった」

矢島が言うと、蔡は目をそらした。

「何か気になることでも?」

しばらくしてようやく蔡は、口を開いた。

「水天法の金棟生が泊っていたホテルですね? そこで、何があったと?」

「泊っていた複数の客がインフルエンザに感染して死んだという情報がある」

「インフルエンザで死亡? 恥ずかしながら、我が国ではよくありますな」

「とぼけないでくれ。時期が時期だ」

蔡は大げさに肩を怒らせ、知らないというジェスチャーをした。

「矢島さんがそこまで言うなら、調べてみましょう。そうそう、さっき、あなたが言ったマーメイとかいう女。思い出しましたよ。たしか、泰城に入っていたはずですよ」

「泰城……監獄?」

北京郊外にある政治犯専門の刑務所だ。

蔡はそそくさと去っていった。

「タヌキ親父」宮木が吐き捨てるように言った。「中国大使館での、あの男のラインを知ってるか？」

「国家安全部あたりだろう」

中国国務院直属のスパイ活動の総本山だ。外国での諜報活動や在外中国人の監視。中国国内では、反革命運動の取締りに辣腕をふるう強大な組織だ。

「当たらずとも遠からずだ。昨日、アクアラインでおまえが海に突き落とした人間の素性がわかった。段自成三十八歳。表向きは商社員だが、実際は６１０弁公室所属のようだ」

マーメイの奪還を試みていた人間だ。

「そうだったのか」

矢島は言うと深くため息をついた。

６１０弁公室は、裁判抜きで邪教集団を逮捕監禁し拷問を加え、そして処刑を行う秘密警察だ。法輪功のみならず、共産党の意にそぐわない宗教集団はその対象になる。日本でも、ひそかに活動しているのだ。

「これではっきりした」矢島は続ける。「マーメイを拉致したのが６１０弁公室なら、彼女は水天法という中国の環境保護団体に属しているはずだ。背景には中国の民主化がある。ウイルスを盗み出したのはその連中だ」

610弁公室の本来の任務は、邪教集団の撲滅だが、今回はウイルスの奪還も任務に入っている。そして彼らは執拗にマーメイを追いかけ、拉致した。

どうしてか。

マーメイはウイルスの行方を知っているからだ。いや、日本にいる水天法のグループと言うべきか。

「水天法というのは中国の反政府組織なんだな？」

宮木が訊いた。

「そうだ。信者の多くは中国にいるが、日本やアメリカに住んでいて、資金を供給している者もいる。中国政府にとって、目の上のたんこぶだ」

「だから、610を使って、日本国内に潜伏している水天法の人間を躍起になって捜しているわけか」

「捜すだけではなくて、殲滅の対象だ」

宮木は苦々しい顔でうなずいた。「610に水天法か……どっちも、ありがたくない存在だな」

「マーメイの行方を捜すのが先決だ」矢島は言った。「彼女はゆうべ、おれのスマホを使った。電話をかけた相手先を調べておいてくれ」

「それはいいが、中国の宗教団体の調べはうちではできん。そっちの仕事だ」

「オーケー。調べてみよう。それより、ひとつわからない。ここで、クルマごと海に落とされて死んだふたりの男だ」

「ウイルスの強奪犯だ。身元は伝えたはずだが」

「それはわかっている。わからないのは誰が、なぜ、こんな派手なやり方で殺したかだ」

宮木は首をかしげた。「……それは610の連中の仕業だろ？　爆窃団……いや、水天法の連中が震え上がるよう、見せしめに殺したのではないか」

「そうとは限らない」

「どうして？」

「感覚だ。それよりウイルスはどうした？」

「連中が持ち去ったんだろう」

「いや、610の連中はまだ入手していない。もし手に入れていれば、マーメイを追いかける必要はないだろ」

宮木がいぶかしげな顔で、コンテナにもたれかかっているヒゲ面の男を見やった。

「あいつ誰だ？」

矢島もそこを見た。花岡邦夫だ。

知り合いだと言って、宮木から離れ、邦夫のもとに赴いた。

「身を守ってくれる約束じゃなかったか？」

邦夫はグレーのメガネの奥で神経質そうに目玉を動かしがら、不服そうに言った。

「おまえこそ、こんな危ないところに顔を出すな」

邦夫のもとにはあらゆる情報が集まってくる。昨日から立て続けに起こった事態を、それなりに把握しているのかもしれない。

「中国人がふたり、溺れ死んだそうだな。身元はわかったのか？」

邦夫が訊いてくる。

「把握している」

「警察でわかるのか？」

「わからないから、おまえが来たのか？　邦夫、何を知ってる？」

「公司（コンス）が依頼した男がいる」

ぽつりと邦夫は洩らした。

「誰だ？」

「六本木（ろっぽんぎ）の桜」

矢島は花岡の吐いた言葉を吟味（ぎんみ）した。

六本木で桜の代紋を掲げている暴力団だろうか。春日（かすが）組といったはずだ。

組長の春日光雄（みつお）とは矢島も面識がある。

「その連中はおそらく、中国では非合法の宗教団体と結託している」矢島は言った。「中国で水天法と呼ばれているグループの一味だ。知っているな？」

邦夫はうなずいた。「610弁公室が動いていると聞いているが」

さすがに、中国で民主化運動をしている一味については知っているようだ。

「馬美帆（マーメイファン）という女が関わっている。聞いたことがあるか？」

「知らんな」

「通称はマーメイ。水天法を知っているなら、わかるだろう」

邦夫はヒゲをしごきながら、矢島を見返した。

「わからんものは、わからん」

きびすを返して立ち去ろうとする邦夫を呼び止めた。

「おまえを守ってやれなくなるぞ」

邦夫はこちらをふりかえる。

「それならもういい」

「どうした？　解決したのか」

あれほど身を守ってくれと言ったくせに。

「だからもう、必要なことは教えただろ。おれは事務所に帰る」

邦夫は意味のわからない言葉を吐いた。

そのとき、金網の向こうに停まっている大柄なバンが目に入った。運転席で日に反射して望遠鏡らしいものが光った。あのダッジ・ラム……。

「ついて来い」

邦夫に呼びかけると矢島はその場からダッシュした。

スマートキーを押してランクルのロックを解除する。運転席に乗り込むと助手席に邦夫が飛び乗ってきた。スタートボタンを押し、アクセルを踏み込む。

コンテナを回り込み、岸壁に出た。

右手百メートル先だ。金網の向こうのダッジ・ラムが動き出した。

気づかれたか。

「どこ、行くんだ？」

邦夫が訊いてくる。

ダッジ・ラムと並行するように、幅広の通りを西に向かって進む。埠頭の出入り口は後方だ。戻っていられない。

人をよけ、クルマをかわしながら進む。

コンテナと資材が邪魔になり、ダッジ・ラムがうまく見えない。

「前、前」

邦夫が金切り声を上げる。

斜めに停まっていたトラックがふいに動き出した。急ブレーキを踏んだ。

トラックに積まれていた鉄パイプが派手な音をたてて岸壁に転がる。

かろうじて減速し、ハンドルを切りかわす。

「アブねえ」

邦夫が悲鳴を上げた。

アクセルを目一杯踏み込む。

「おいおい、どこ行くんだよー」

百メートル前方だ。岸壁が途切れて海に落ち込んでいる。

埠頭に沿った表の通りは、左側に切り込んでいる。そこを走るダッジ・ラムが近づいて見えた。埠頭とのあいだには、金網がある。

岸壁の切れ目がみるみる近づいてくる。

三十メートル、二十メートル、十メートル。

「やめろ――」

邦夫が頭を抱えて助手席の床に潜り込んだ。

アクセルを踏み込み、サイドブレーキを思いきり引いた。

ランクルが尻を振り、テールからスライドしていく。切り立った岸壁と並行になった。

その瞬間、サイドブレーキを解除して、アクセルを踏み込んだ。

海とぎりぎりのところで岸壁を走る。

ダッジ・ラムは埠頭を過ぎて、運河に架かる橋に向かっていた。

前方に植栽（しょくさい）がありその向こうは金網だ。

「まさかあれを……」

邦夫が呆れたふうに言うのを尻目に、金網に突っ込んだ。

金属の引っかく音がして金網が左右にちぎれた。歩道をバウンドして、一気に車線に入った。ダッジ・ラムは前方百メートル。橋を渡りきったところだ。

「あれを追っかけているのか？」

邦夫が両手をダッシュボードに当てながら、言った。

「シートベルト」

矢島はさりげなく言う。

りんかい線東雲（しののめ）駅に近づいた。ダッジ・ラムは速度を落とした。

尾行に気づいていないようだ。矢島はアクセルをゆるめた。

ダッジ・ラムについて話すと、邦夫はわけがわからない顔で、「金髪の男？」と声を上げた。

「外人だ」

「そいつらが６１０弁公室の連中が乗るクルマを襲っただと？　いったい、どこの何者だ」

「連中の狙いは馬美帆……マーメイだ」

レインボーブリッジ入り口の交差点を右にとる。ゆるやかな左カーブで、ダッジ・ラムは徐々に、スピードを上げた。

台場料金所から首都高速に入った。ダッジ・ラムは一気に加速した。カーブを曲がり切るころ、速度は百二十キロを超えた。ダッジ・ラムは、またたく間に点のようになっていく。

矢島は唇を噛んだ。気づかれたかもしれない。

アクセルを踏み込む。4・6リッターエンジンが十分なトルクを生み出した。アスファルト道路に吸いつくように疾走をはじめる。

張り合う気のようだ。面白い。アクセルペダルを一段、押し付ける。

のけぞるようにランクルが加速した。

天を覆っていた橋脚が途切れる。下りになった。透き通った青空の下、ダッジ・ラムの黒い塊が近づいてくる。橋を渡りきった。右カーブで追いついた。ナンバーを見る。昨日のクルマだ。

今度こそ逃さない。左レーンからハンドルを右に切る。

ダッジ・ラムの進行方向をふさぐ形で前に出る。

あわてたダッジ・ラムが急ハンドルを切る。左レーンに入った。側壁にぶつかる寸前、かろうじて右方向に戻した。遅かった。硬いコンクリートの壁に車体の左側後部がぶつかる。けたたましい音を立てて、後方へ飛び去るように速度を落とした。

矢島も同じようにスピードをゆるめた。

立て直したダッジ・ラムが急加速して、追い越し車線に入ってきた。ぴったりと後方につかれる。道を譲る形でゆっくり左手にレーンを変えた。

ダッジ・ラムが真横に着いた。運転席の金髪の男がじろりと流し目をくれる。

「懲りねえ野郎だ」

あれだけ挑発したにもかかわらず冷静でいる。プロだ。

レインボーブリッジの下り坂を利用して、ダッジ・ラムはスピードを増した。

巧みなハンドルコントロールで、五台ほどのクルマを抜き去る。

油断をつかれた。左カーブに差しかかる。ようやく追いついた。

ぴったりと張りつこうとしたそのとき、右方向から多くの車両が割りこんできた。都心環状線の合流地点だ。二台ほどかわしたが、ダッジ・ラムは数台前にいる。

「どうして辰巳埠頭に来た？」

矢島は改めて邦夫に訊いた。

「テレビでやってるじゃねえか」

「溺れ死んだ二人の身元は報道されていない。中国人というのはどこから聞いた？」

「誰でもいいだろ」

うるさそうに邦夫は答える。

「横浜でおれを襲った男は、海南島の三亜ホテルに泊っていた。同じホテルに泊まっていた複数の客がインフルエンザにかかって死んだらしい。知ってるか？」

邦夫は噴き出した。「海南島？　おまえ、リゾートにでも行くのか」

「調べろ」

突き放すように矢島は言う。

「どうしておれが？　関峰（グァンフォン）のほうが早いだろうが」

「いいからやるんだ」

中国にコネのある連中を総動員しなければならない。

一ノ橋（いちのはし）ジャンクションから首都高二号線入った。天現寺（てんげんじ）の出口を下りる。

高速のガード下をくぐり、最初の信号機を右にとった。明治通りを三田（みた）方向に進む。茶褐色のホテルらしい建物へ吸い込まれるようにしてダッジ・ラムは消えていった。ダッジ・ラムが入っていった地下駐車場入り口には、制服を着た屈強そうな外国人がガードしている。

「なんだよ、ここは」

日の丸と星条旗が交差して置かれている入り口を通過する。

読めてきた。

「広尾グランヒルだ」

矢島は答えた。

アメリカ軍関係者専用の宿泊施設だ。別名、広尾ステーツ。

形こそホテルだが、日本人はむろん、アメリカ人でも軍とは無関係な民間人は立ち入れない。治外法権だ。

13

一ブロック先のホテルにクルマを停めた。戻ってくるまで待っていろと邦夫に言い置き、単独で広尾ステーツに向かった。

国旗の掲げられた入り口に、体格のいいアメリカ人ガードマンが立っている。中に入りたい旨を申し出た。軍関係者かと訊かれ、そうではないと答えると、ガードマンはハエを手で払うように拒絶した。

構わず制止をふり切り、矢島は回転式ドアをくぐって中に入った。後方で無線の呼び出しをするのが聞こえる。

スーツ姿で胸板の厚そうな黒人の男がふたり、目の前に現れた。

両手を広げ、これ以上進めないというようにさえぎる。

ふたりのあいだに入った。右手の男に、前に行くのをさえぎられる。

ベレッタはクルマに置いてきてある。

入念な身体チェックがすむと、男はむりやり矢島の体を回転させて入り口に押し返した。

矢島はその場できびすを返し、フロントに向かった。

身体チェックをした男が呆れたような顔で、目の前に立ちふさがる。

「さっさと立ち去れ（ゴーアウェイ）」

胸元に伸びてきた男の手をふりはらい、軽く右フックを相手の胃のあたりに打ち込んだ。

男はわけもなく、フロアに膝をついた。

もうひとりの黒人が目を見開き、右パンチを繰り出してきた。

すれすれのところでかわし、男の腕を引いて腰に乗せる。そのまま背負い投げた。ふたりして床に倒れこむ。

ガードマンや軍服を着た男たちがあっという間にやってきた。十人ほどだ。

遠巻きに囲まれる。米軍の制服に身を包んだ男がコルトガバメントを大仰（おおぎょう）に構え、矢島に照準を合わせている。

両手を高く上げた。

軍帽をはめた男が、矢島の背後から腕をとる。

「お手柔らかに頼む」

言っているあいだに着衣を改められた。

「武器は持っていません(ヒーダズントハブアウェポン)」

「そとに放り出せ(アウトオブヒア)」

騒然としてきた。

「もう十分です(オーケーイナフ)」

女性の声がかかり、静まりかえった。

ストライプのキャリアスーツに身を包んだ女が進み出てくる。栗色の長い髪をなびかせ、尖った顎を引き気味に矢島に近づいて来た。

「困ったものですね、ロン。来るなら来ると仰っていただかないと」

生粋(きっすい)のクイーンズ・イングリッシュ。透明なコバルトブルーの目が微笑んでいる。ＣＩＡ東京支局長のイザベラだ。

「あんたとおれとの間柄だ。不意を突いて驚かしてやろうと思ってさ」

矢島も英語で答える。

一年半前、ベイルートから着任したイザベラとは、親密な間柄だ。二代続けての女性支局長。配下に五十人の正規エージェントがいる。

ふたりのガードマンが手荒く引き離しにかかった。

矢島は肩をすくませて、イザベラに微笑みかける。

「いいのよ、この人は味方だから」

イザベラの言葉はてきめんに効いた。

ガードマンが矢島の腕を放して、一歩退く。

「さて、用件を聞くしかなさそうね」

イザベラが言う。

「できたらお願いしたい」

「ちょうどよかった。ランチを一緒にどうかしら」

「いいね」

「あなたのおごりよ」

「喜んで払わせてもらおう」

洋食レストラン・ポーツマスはそこそこに混み合っていた。平安時代の十二単(じゅうにひとえ)の着物を着た女性の絵の席に案内される。アペタイザーで持ち込まれたアボカドディップはレモン風味のさっぱりした味だ。

「日本語はまだ上達していないな」

矢島は言う。相手は年上だが、いいだろう。

「そうね。かなり手ごわい」

ＣＩＡのキャリアは世界中を異動する。ひとつの言語に習熟する暇はないのだ。

ウェイターがアーマッドの紅茶の入った木箱を差し出した。アールグレーを選び、ポットに入れてもらう。

ふたつ離れたテーブルで、ちらちらと、こちらを盗み見している日本人の親子がいた。日本人はほかにいない。矢島は無視した。

「あちこちで、きな臭くなっている」

と口にしてみるが、案の定、

「たとえばどんなことかしら」

とイザベラは煙に巻いてくる。

「どうも最近のアメリカは、中国に対して及び腰に見える」

「ここまで経済が結びついたら、そう簡単に相手の悪口は言えなくなるものよ」

「そうだろうか。中国の封じ込めはしないとアメリカの大統領が言ったとたん、中国は国際法を無視して、勝手に防空識別圏を設定した」

「あれには驚かされたわ」

「日本の指導者は、アメリカが弱腰だと感じている」

「ロン」イザベラは続ける。「かつてロシアを悪の帝国と呼び捨てていた時代とは違うの。エビ、美味(おい)しいわよ」

矢島はガーリックで炒めたシュリンプ・スキャンピを頬張りながら続けた。

「アメリカが一番恐れているのは、なぜ、中国があれほど軍備増強に邁進しているかだろう。米中冷戦時代の幕開けだな」

図星というようにイザベラはうなずく。

ここ十数年来、太平洋をはさんで米中の軍事バランスは大きく中国に傾いた。それを元に戻そうとするのがアメリカの戦略だ。

パスタで腹を満たし、支払いをすませた。

二階に上がり、琥珀色の間接照明の落ち着いた広間に通された。アイボリーの大きな楕円形テーブルを本革の椅子が囲み、壁にはゴージャスな世界地図の絵画がかかっている。

「特別な人しか入れないのよ。座って」

言われるまま、席に着く。

「さて、要件は？　軍事情勢の意見交換をしに来たわけじゃないでしょ」

絵画をバックに、上席についたイザベラがビジネスライクに切り出した。

「そっちはあまり興味がないが、参考程度に聞いておきたい」

「何かしら」

「Ｈ５Ｎ１ｋ６。鳥インフルエンザの改良型。武蔵医科大学の田上研究室で作られていた。聞き覚えがあるかな？」

イザベラは両手を上に広げた。「初耳よ」

「おかしいな。こちらの人間が欲しがっていたと思うんだが」

「何か証拠でもあるのかしら」

「手荒い連中がアクアラインで暴れた。昨日だ」

「それは聞いているわ。中国人ともめたらしいけど」

矢島はイザベラの顔を覗きこんだ。「腹の探り合いはよさないか。時間のむだだ。最初からウイルスが盗まれたのは知っていたはずだ」

イザベラは眉をひそめ小さくうなずいた。「一昨日の朝ね。小耳にはさんだだけよ。こっちはもう、横田にかんづめでそれどころじゃなかったわ。たったいま帰ってきたところよ」

横田基地には在日米軍の統合司令センターがある。そこにいたのだろう。

「第七艦隊も動いていると聞いている。日本の自衛隊や艦船も北海道沖を目指しているそうだな」

「日本だけじゃなくてよ」

イザベラは机に備え付けられたリモートボタンを押した。世界地図の絵画のかかった壁に大型スクリーンが下りてきた。部屋が暗くなる。

画面に映し出されたのは、左右二列に分かれた総勢十二隻の軍艦が、白波を立てて海上を航行している映像だった。

「昨日の午前七時に撮った映像よ。駆逐艦から空母まで。主力級が勢ぞろいで北上している。もう全艦、ウラジオストック沖二百キロ地点まで差しかかっているのよ」

「中国海軍はオホーツク海でロシア海軍と合同軍事演習でもするのか？」

「今度に限って演習はありえない。事前の通告もないし、報道も沈黙している。この海域で軍事演習をするとなれば、限りなく実戦に近くなる」

中東で分析官として名を馳せたイザベラの口から、さりげなく実戦と言う言葉が洩れて、矢島はひやりとした。

「中国海軍は潜水艦も帯同しているのでは？」

矢島が訊くとイザベラの顔色がさっと変わった。

しばらく沈黙が続く。

矢島は改めてイザベラの目を見つめた。「ひょっとして原子力潜水艦？」

言うと、イザベラは目を見開いた。「何か知ってるの？」

「そっちこそ」

矢島が突き放すとイザベラは、大仰に降参の手ぶりをした。

「いいわ。話す」

スクリーン全面に映し出されたのは黒々とした大型潜水艦だった。艦橋のうしろの部分がラクダの背のように盛り上がり、そこに十二基の開かれたハッチが見える。

「確かあれは」矢島はハッチを指して続ける。「弾道ミサイルの発射口だな」

「そのとおりよ。射程八千キロと言われているわ」

とんでもない代物だと矢島は思った。

「中国軍最大級の戦力じゃないか」

陸海空軍を通して最大にして最高の秘密兵器だ。正式な名前すら明かさない。

続けて画面に、屈曲した海岸線を上空から撮影した写真が映し出された。長い桟橋が海岸から突き出ている。

「中国の海南島にある原子力潜水艦専用の地下ドック」

「こいつが帯同しているのか?」

イザベラは苦しげに首を横にふった。

「違うようなの。この原潜が一週間前に出航したのはわかっているわ。そのあと、いきなり東シナ海に現れたの。そのときに交信して以来、連絡が途絶えている。それから丸一日たって、対馬海峡に敷設された探知ケーブルに引っかかった」

「……中国原潜に対馬海峡を潜航突破された?」

矢島が声を低めて訊くと、イザベラは眉根に深い縦縞を作ってうなずいた。

まさかと矢島は思った。

中国の原子力潜水艦が防備の手薄な日本海に侵入してきたのなら、日米政府にとって大事になる。

「どうも操艦がおかしいのよ。見失う直前だけど蛇行したり同じ場所を周回したり」

「ひょっとして、そいつは中国の艦隊とは別行動をとっていて、居場所が特定できていないい？」

イザベラは深刻そうな顔で首を縦にふった。

「四日前の交信以降、味方と連絡を取っていないから、中国側もわからない様子なの」

「……それがいま、ウラジオストック沖の海中に潜んでいる？」

「中国海軍の動きを見ていると、そうらしいの。ただしそれは、中国海軍も想定外みたいなのよ。中国海軍司令部もひどく混乱している」

「ひょっとして放射能汚染事故でも、起こしたか？」

「付近の海域の海水や大気中の放射能濃度を計測しているけど、その兆候はゼロ」

ではいったい何なのだ……。

「ひとつ気になる点があるの。でも、いまは見せられない」

イザベラは意味深に言うと、スクリーンをしまい、バーカウンターに足を運んだ。

「ギムレットでよかったわね？」

「思いきり冷えたやつを」

戻ってきたイザベラは、カクテルグラスをふたつ、テーブルに置いた。

矢島の見ている前で二口ほど飲み込む。

「酒は飲まなかったんじゃないのか？」

矢島は訊いた。

「飲まなきゃやってられない」グラスを矢島の前に滑らせる。「ロン、今度はあなたの番よ」

矢島はギムレットを口に含んだ。できあいの物にしては、そこそこの味だ。

「海南島の三亜ホテルで軍がらみの騒動があった」

矢島は言った。

それまで沈んでいたイザベラの目が光った。「……聞いていないけど」

「もう一度訊く。武蔵医科大学の田上研究室からウイルスが強奪されたのは知っているな？」

イザベラは確信を持った顔でうなずいた。「だいたいは宮木から聞いています」

「では、金棟生（ジィンドンシオン）も？」

「たしか、水天法の関係者？」

「そうだ。そいつが泊まっていたホテルで、インフルエンザに感染して死んだ複数の客がいるらしい」

まばたきもしないで、イザベラはじっと聞き入る。

しばらく考えをめぐらせてから、

「どれくらいの数の人が亡くなったの？」

と口を開いた。

「それはわからない。そっちで調べてくれ。現地のスパイに一声かければすぐわかるはずだ」

海南島は中国の重要な軍事拠点だ。多くのスパイを潜り込ませているだろう。

「いちおう調べてみましょう」イザベラは控え目だが、断固とした口調で言った。「半日あればわかるはずよ。話はそれだけ？」

「本番はこれからだ」

イザベラ驚いて目を見開いた。

「田上教授が作っていたウイルスは、とてつもない強毒性のウイルスだ。流行れば、ひと月で人類が滅亡するような。それも聞いている？」

「もちろん」

「こんなとんでもない代物を作れるのは、ほんの一握りの科学者しかいない。それが、たまたま日本にいた。開発するためには莫大な費用がかかるが、出所はわからない。そういうストーリーをすんなり信じるのは、できない」

イザベラの眉が曇ったのを、矢島は見逃さなかった。

「殺人兵器に転用できるようなウイルスだ」矢島は続ける。「しかも、作っていた研究所はなぜか日本の自衛隊員が守っていた。イザベラ、お互い同じフィールドでメシを食っている。これ以上の隠し事はよさないか？」

イザベラは困惑げな顔で、ギムレットをむりやり飲み込んだ。

その顔色を見ながら、矢島はようやく核心に近づいたと思った。

「人類が滅亡してしまうような、とんでもないウイルスのワクチンを、いまから十年前にすでに保有していた国がある……これ以上、言わせたいか？」

イザベラは、大きく息を吐いた。「そう、アメリカが持っていた」

「フランスで開発された物だったな？」

「そうよ。ベトナムで見つかったインフルエンザウイルスを基にして作ったの」

「それがもう時代遅れになっている。次に依頼したのはフランスでもなく……」

矢島はイザベラの顔を見つめた。

矢島は続けて訊く。「下のレストランにいたのは宇佐見俊夫とその娘の若菜だな？」

イザベラは根負けしたようにうなずいた。「そうよ、わたしたちが保護しているの」

「やはり、ウイルスの作成を？」

イザベラは真顔でうなずいた。

「われわれが田上教授に依頼しているの」

矢島はギムレットを飲み干した。

「わかった」

「ロン」イザベラは身を乗り出して、矢島の腕に手をあてがった。「わたしたちも必死なのよ。取り戻すために手段は選べない」

「だからといって、市街地でマシンガンを使うのは荒っぽい」

「話が通じるような相手だと思っているの？」

「610を言っているのか？」

「それは末端の部隊にすぎない。わたしが言いたいのはわかるでしょ。相手は中国共産党なのよ」

「だったらなおさら紳士的に行くべきじゃないのか？」

イザベラはティッシュで口元をぬぐった。

「それはもう百万遍もやってきた。ロン、こう考えてみてはどうかしら。ある国の独裁政権がいて、彼らは他国民はおろか、自国民に対しても、暴力あるいは死の強要をためらわない。表だってそれはできないけれど、武器以外の方法……たとえば、病気などで。それをやりかねない連中にあのウイルスが渡ってしまったら、取り返しがつかない——ロン、お願い」

矢島はイザベラの手の甲に手のひらを重ねた。

「イザベラ、ひとつだけはっきりしている。これはアメリカ一国のためではない。人類のためだ。そういう仕事になる」

「ありがとう。あなたしかいない」

「アシストを頼む。よけいな邪魔もしないでもらいたい」

「もちろん。あなたさえよければ一度、横田基地に招待するわ」

「いずれ伺おう」

14

ランクルを置いてきたホテルの駐車場に戻った。すぐ横に停まっていた黒塗りのセダンのドアが開いて宮木が現れた。神経質そうな顔で矢島をふりかえる。

「いつまで待たせる気だ」

「待たせた覚えはない。ここは誰から聞いた？」

「おまえの秘書に問い合わせた」

矢島はランクルを見やった。邦夫はいない。「ヒゲ面の男はいなかったか？」

「辰巳埠頭にいた男か？　おれが来たときはいなかったぞ。そんな男はどうでもいい。イザベラと会ってきたのか？」

「ランチをおごらされたよ」

「それは散財だったな」

宮木の言葉を無視した。「最初からアメリカ政府の依頼だとわかっていれば、違う対応が取れた」

宮木は苦しげな顔で、

「だから、安全保障マターなんだ。政府が表向き、認めない場合もある。だからおまえに依頼しているんじゃないか」

「ここで形式論を言ってもはじまらない。命が関わると言っているんだ。隠し事をされたら仕事ができない」

矢島はそう言って運転席に乗り込んだ。

あわてて宮木がついてくる。

「この仕事から下りるのか？」

「いま言った通りだ」

「悪かった。これからは隠し事はしないから、続けてくれ」

「そっち次第だ」

矢島はエンジンをかける。

「ちょっと待った。ゆうべ、マーメイがかけた電話先がわかったんだ」

すがりつくように運転席を覗きこみ、宮木は一枚のメモを押しつけてきた。

「ＰＣショップ？」

メモには外神田三丁目の住所と店の名前が記されてある。

「今朝の二時十分にかけている」宮木は言う。

マーメイが秋葉原のＰＣショップに何用があるのか。

「まさか、監視をつけていないだろうな？」

へたに張り込みなどをしたら、相手に気づかれる可能性が高いからだ。

「していない」

そうは言っても、数十人体制で遠張りをかけているだろう。

「行ってくれるのか？」

宮木が言う。

矢島はその住所をカーナビにインプットして、アクセルに足を乗せた。

「ホテルでイザベラが待ってるぞ」

言い置くが早いか、ランクルを発進させる。

首都高速に入り、上野線の本町出口から下りた。途中で麻里に行き先を知らせた。ホテルで得た情報を聞かせ、いくつか頼み事をする。

「わかりました」

ぶっきらぼうに電話が切れた。

昨夜、鴨川の別荘で女とふたりきりで過ごしたのはとっくに知っているはずだ。

無愛想なのは、たぶん、そのせいだろう。

国道四号線から秋葉原駅方向に入る。ウィークデイにもかかわらず、秋葉原の中央通りは、オタク風の若い男や外国人客でにぎわっていた。蔵前橋通りと交わるあたりで裏路地に入る。

ＰＣパーツや電子部品などを売る小売店が軒を並べている。通称「ジャンク通り」だ。アタッシェケースを手にしたビジネスマンや学生風の男たちが、軒先に並べられたワゴンを覗き込んでいる。

黒いバッグを肩から下げた、明らかに場違いな男たちが、数人ずつ固まって路地のあちこちにたむろしていた。

これでは、誰の目にも警察による監視とわかってしまうではないか。

その店は無線通信機器の専門店のとなりにある古い雑居ビルにあった。五階建ての茶色い雑居ビルの前面に、〝シリコン丸〟とペイントされている。店頭に置かれた液晶モニターのまわりに人だかりができていた。

ジャンク通りの裏手にある路地の空き地にクルマを停めて、通りに戻った。

メイド姿の若い女が近づいてきて、チラシを手渡そうとしてきた。無視すると女は回り込んで、

「昨日はありがとうございました」

ぺこんとお辞儀をして、矢島を見上げたその顔に見覚えがあった。

「ティアラの？」

矢島が訊くと女はいたずらっぽい笑みを浮かべ、うなずいた。「小芳(シィアオファン)です。これ、よかったらどうぞ」

昨日と違って化粧はほとんどしていない。背丈は百八十センチある矢島の首あたりに届くかどうか。ツインテールの髪が幼げだ。肌は赤ん坊のように艶(つや)があり、エプロンの下の胸元は薄く、まだ子どものようだ。

受けとったチラシには、メイド喫茶(カフェ)の名前が書かれている。

「こんなとこで働いているのか？」

「きょうはこっちの日なんです」

どう見ても未成年。高校生でもない。もっと下だ。

それが昨日はマッサージ店で働き、きょうは秋葉原のメイドカフェ。

親に捨てられた身寄りのない子どもは多くいる。この女の子もそうなのだろう。

しかし、いまは構っていられない。

シリコン丸の手前で足を止める。相変わらず人だかりができている。

ゲーム機器専門店のようだ。中国語が飛び交っている。客のほとんどが中国人だ。

この店の代表の電話番号にマーメイは電話をした。店内はビル電話になっているはずで、実際にどこで受けたはわからない。しかし、きょうの未明、このビルの中でマーメイの電話を受けた人間がいたのは間違いない。

向かいにあるアイスクリームショップの陰から、一目で警官とわかる男たちが矢島を見ている。裏口も警官たちが固めているだろう。

紙袋を抱えた若い男がふたり出てきた。口々に中国本土の半額だとか、また明日も買いに来ようなどと中国語で話している。

矢島は一階に足を踏み入れた。展示されている商品は、中国製のゲーム機とスマートフォンだ。レジの横に、ゲーム機の箱が山積みされていた。いま出て行った客は、これが目当てだったようだ。箱には中国名のほかに英語でイノセントと商品名が書かれている。製造元は蒲田のティアラの看板広告にあったものと同じだ。

アルバイトっぽいレジの若い男に、珍しいゲーム機だなと声をかけてみた。

「これですか」レジ係は言った。日本人のようだ。「出たばかりですよ」

「中国製？」

「ええ。今年、中国では家庭用ゲーム機が解禁になりましてね。爆発的な売れ行きですよ。中国本土で買うより安いんで、中国人観光客が喜んで買っていきますよ。お客さんもどうですかひとつ？　ゲームが五十本くらい入ってますよ」

日本では、ソフトとの抱き合わせの販売は違法だ。

断って表に出る。

警官らのからみつくような視線をふりきり、店の左手にある階段に足をかけた。

二階はゲームセンターになっていた。ここも客のほとんどは中国人だ。

狭い部屋で十人近い客が、同じ画面を食い入るように見ながらプレイしている。中国語のオンラインゲームだ。宇宙船のコックピットから、真っ青な地球を望む構図。地上から飛来してくるミサイルにレーザービームを当てて、打ち落とすという単純なゲーム。なかなか、ミサイルには当たらず、宇宙船の舵を切って、辛うじてミサイルをかわす。ひとりが、どうにかひとつのミサイルを破壊すると、

「やったぁ」

と椅子から跳び上がった。

つれて、ほかの数人が、

「反封鎖（ハェトゥンスワ）」

「反封鎖（ハェトゥンスワ）」

と叫び声を上げながら、その場でぴょんぴょん跳ね上がる。それを聞きつけたほかの客が、手をふりあげ雄叫びを上げる。床が抜けそうだ。

「反封鎖（ハェトゥンスワ）」

たとえようもない違和感を感じながら、その場を離れる。

三階に上がった。パソコン高価買い取り、と大書された防火壁の前に、海産物の入った段ボール箱が三段積みされていた。その横に、水に濡れた発泡スチロールも重ねて置かれてある。側面にマジックで底魚と書かれていた。

狭い入り口から中に入った。

十畳ほどのフロアにパーツや基盤がぎっしりと並んでいる。買い物用のバスケットを手に提げた男性客が狭い通路を回っていた。

奥にあるレジカウンターで、黒メガネをかけた丸顔の若い男が、ノートパソコンを覗きこんでいる。菓子パンを頰張り、顔を上げようともしない。

「店長はいるか？」

矢島は黒メガネに声をかけた。

店員はパンを嚙みながら、大きな目で矢島を見上げた。白目のところが血走っている。

「あ……なんです」

たどたどしい日本語だ。外見ではわからないが日本人ではない。

「店長と話がしたい」

「きょうはお休みね。明日来る」

「反封鎖（ハエトウンスワ）」

「責任者はきみかな？」

黒メガネはふいに気づいたとばかり、

「あ、ごめん。お客さん、Ｋがいる？」

「Ｋ？」

「メガゼニーとかさ」

なれなれしい感じで、黒メガネは笑みを浮かべ、ノートパソコンの画面を矢島に見せた。取扱アイテムとして、見慣れないカタカナの言葉が並んでいる。

「ネットワークゲームの通貨だよ。よりどりみどりさ」

ネットワークのゲームの中だけで通用する通貨だ。この店は、とんでもないものを扱っているようだ。

「ミリオンメイスなんか、さっきゲットしたばかりだよ。垢ハックしてすぐに」

「あかハック？」

「アカウントハック。お客さんだってやってるんだろ？」

「……まあな」

適当に矢島は調子を合わせる。

「日本人は甘いからさ。アカウントをハックされて、キャラやカネを全部奪い取られてたって、文句言わないし。やり放題だよ」

「それを売ってるのか?」

「まあね。お客さん、どのゲームの通貨が欲しい?」

これ以上、ゲームオタクにつきあっていられない。

「中国人だろ?」

矢島が訊くと、それまで浮かんでいた笑みが消えた。

「それがなにか?」

「クリスチャンか?」

黒メガネは目をしばたたいた。

「意味わからないよ」

矢島は、ほかの客に聞こえないように声を潜める。「マーメイはどこにいる?」

店員は目を丸くした。とぼけた感じで肩をすくめる。

階段から軽快な足音が聞こえた。Tシャツ姿の男がレジカウンターに入ってきて、抱えていた段ボール箱を店員のうしろに置いた。

「電源十個。これできょうの荷は終わり」

店員は助かったとばかり、段ボール箱を持ち上げようとしたが、重たいようで床を引きずり出した。見かねた男がさっと箱をすくい上げ、軽々と手に持って陳列台に赴き、片手で箱の封を切って中身をとりだし棚に並べた。店員があっけにとられて見ている。一見細身だが、かなり筋肉質の体だ。

仕事をすませた男は、矢島を目の隅に置きながら、通りすぎる。一見すると額の広い温厚そうな顔立ちだが、短くて太い眉と細い目がつり上がり気味で油断のならない顔付きをしている。軽快な足取りで階段を下りていく。

「水天法というのは聞いたことがあるか？」

矢島が訊くと店員は落ち着きをなくし、パソコンに集中するふりをする。

「水天法」

矢島が再度口にしかけたとき、表でタイヤの破裂音らしき音が聞こえた。

店員がぶるっと震えた。

矢島は窓にかけより、通りを見下ろした。

通行人たちが、パニックに陥ったように右往左往している。その中のひとりが倒れていた。張り込んでいた警官たちが一様に同じ方向を見ている。

蔵前橋通りから、ゆっくりとダッジ・ラムが走ってきていた。その助手席から飛び出た棒のようなものがパッと火を噴いた。

腹の底に響くような発砲音が連続し、通行人のひとりが倒れた。その手に握りしめられていた拳銃が転がる。

——またか。

矢島は呆れた。性懲りもなくイザベラは、ふたたび実力行使に出ようとしている。

通行人には610の人間が紛れ込んで、シリコン丸を監視している。それをCIA要員が狙っているのだ。

斜め向かいにあるジャンク屋のワゴンの陰から、背広姿の中国人風の男がダッジ・ラムめがけて拳銃を撃ち出した。観光客を装っていたのか。

矢島はホルスターのベレッタに手をかけた。

店内にいたふたりの客が先を争うように階段を下っていく。

店の下側から、人が争うような激しい物音が伝わってくる。そのときだった。

階段を上がってくる複数の足音がした。はっきりと目的を持った音だ。

こんなところにウイルスがあるとでも思っているのか。

矢島はパソコンケースの陳列棚のうしろに身を隠した。ケーブルが入ったビニール袋を手に取る。

スーツを着込んだ大男が駆け込んできた。続いて、同じく背広姿で小太りの男が続く。

610の人間と直感する。

大男がカウンターの中の黒メガネの胸ぐらをつかんで、中国語でわめきたてる。

「ウイルスはどこだ」

表であとを引くライフルの発射音。乾いた拳銃の発砲音が交錯する。

黒メガネの店員は顔面蒼白で棒のように突っ立っている。

小太りの男が矢島のいる棚に近づいてきた。

先んじて男の腕をとり、手前に引き込んだ。みぞおちに拳を叩き込む。

苦悶の表情を浮かべ、べったりと床にへたり込む。

物音に気づいた大男がふりかえった。手にしているスミス&ウエッソンの長い銃口が矢島のいる方角に向けられている。

「怪しいものじゃないから」

矢島はケーブルを高くかかげながら、ゆっくりと背広姿の男に近づく。

そのとき、耳をつんざく音がした。流れ弾がカウンターわきの窓ガラスに当たり、粉々に砕け散った。

銃を持った男がそちらをふりむいた瞬間、矢島は歩み寄った。

体を入れ替えて横向きになり、男の拳銃を上からつかんだ。

男の手から抜けた拳銃をくるっと一回転させ、銃把を男の額に叩き込む。

男は店員にもたれかかるように、倒れ込んだ。

矢島は店員の胸ぐらをつかんだ。小便を垂れ流しにしている。

引き立てざま、

「マーメイはどこにいる？」

と大声で訊いた。

黒メガネは小刻みに顔をふるわせながら、わからない、わからないと繰り返す。

むっくり起き出した大男の背中に蹴りを入れる。

大人数で階段を上がってくる音がした。

ホルスターからベレッタを引き抜く。胸の鼓動が激しくなった。短く深呼吸する。安全装置を外してスライドを引いた。半身になり腰を低く構える。

入り口に鈍く光る青龍刀の切っ先が見えた。スーツ姿のふたりの男が同時に飛び込んでくる。

息を止めた。

膝のあたりに照準して、トリガーを引いた。

店内に爆発するような発射音が連続して響いた。

前のめりに倒れ込むふたりのうしろから、新たな男が顔を見せた。

握りしめたトカレフが店の中に向けられた。

耳をつんざくような銃声が連続した。棚にある部品が弾け散り、一発の跳弾（ちょうだん）が蛍光灯に当たった。ガラスが粉々にくだけて、雨のように落ちてくる。

なにも考えていなかった。体だけが動いた。

左腕にちくっとした痛みが走った。

床に伏せ回転しながら、店に入って来た男の腰元に向かってトリガーを引く。
鋭い発射音とともに、男が壁際にのけぞった。そのまま床に倒れ込む。
伏せたまま階段に照準を合わせた。ひとりの男が現れた。
一分のすきもないスーツを着ている。武器は持っていない。
起き上がり、男の前に立ちふさがった。
男は心底驚いた顔でまじまじと矢島を見つめた。
次の瞬間、飛びかかってきた。半身になり、上体を低くした。
男の利き足に足払いをかける。前のめりに男は倒れ込んだ。
馬乗りになり、男の首を締めつける。あっけなく落ちた。
やってくる人の気配は絶えた。
腰元から弾倉(マガジン)をとりだし、すばやく取り替える。
外の銃声はやんでいた。
油断してはならない。吐く息がふるえている。
音のしなくなった店内をふりかえる。
黒メガネの店員の姿が見えなかった。
かまびすしいサイレンの音が響いている。窓にとりついて、下を見る。
通りに人の姿はない。ワゴンに収められていた商品や買い物客の落とし物が散乱していた。通りの陰に身を潜めていた警官たちが、虫が這い出るように、おそるおそる顔を出している。

あたりから、610とおぼしい人間の姿も消えている。

駅方向に動くものがあった。ダッジ・ラムだ。路地を右折していく。

妙な焦燥感にかられた。あれほど激しく撃ち合っていたのに、いったいどこへ行ってしまったのか。

ふと小芳（シァオファン）の顔が浮かんだ。

ポケットに収まっていたチラシ見る。

もしかしたらここに……。

黒い雲のような不安がもたげてくる。なぜそうなるのか、自分でも説明がつかなかった。

心臓が高鳴りだす。

階段を下った。

徹底的に物色された店内を見ながら、一階に降り立つ。通りに出た。

台風が通りすぎた直後のように、人の姿はなかった。

蔵前橋通りに向かって小走りに駆け出す。ようやく警官たちが姿を見せはじめた。

しょうもない連中だ。米中の秘密機関同士が派手な銃撃戦を繰り広げたというのに、固唾を呑んで見守っているだけなのだ。

パトカーに行く手をさえぎられた。

職務質問に降りてきた警官を、ドアごと中に押し込める。

交通が遮断された蔵前橋通りを駆け抜けた。

オフィスビルの横にある路地に入った。小高いビルの谷間を縫って進む。

コインパーキングの向かいに、パーツショップがある。幅十メートルにも満たない細長いビルだ。八百屋よろしく軒先にテントを下ろし、中古のノートパソコンを並べている。

二階の窓だ。原色のぬいぐるみが窓一面に張りつくように置かれている。三階には、〝No1メイドカフェ・テンテン〟の張り紙が出ていた。

おもちゃを売り物にしたカフェのようだ。

あたりの様子を窺う。それらしいクルマや人影はない。

勘が外れてくれれば、それでいいのだが。

狭く薄暗いエントランスに足を踏み入れる。三段ほどの階段を一気に上がった。

上方から金属をひっかいたような音がした。よからぬものを感じる。

二階に達した。ベレッタを構え、透明なドア越しに中を覗きこんだ。

衝立(ついたて)の向こうで、メイド姿の女の子が不安げにこちらを向いている。

三階まで駆け上がった。

黄色いフィルムの貼られたドアの取っ手に手をかける。そのとき勢いよく、ドアが外側に開いた。もろに顔がぶつかり、横の壁に弾き飛ばされた。

背広を着たふたりの男に体を拘束されたメイドが現れた。目の前の階段を転げ落ちるように下っていく。

瞬間、パッとふりかえったメイドと目があった。

小芳――

またたく間に踊り場から三人の姿が見えなくなった。

顔面の疼痛が消えるまで動けなかった。

子どもを拉致して、どうする気なのだ。

いったんドアを開けて店内を見た。

ぬいぐみが床に散乱し、窓際で髪を紫に染めたメイドがしゃがみ込んでいる。

しかしどうして、小芳が……？

どう考えてもわからなかった。昨日はマーメイ、そしてきょうは小芳。

いったいふたりは何者なのだ。

ぐずぐずしていられない。答えを見つけるのが先だ。

考えるのはそのあとだ。ふたりとも命が危うい。

矢島は階段を下った。通りに出て左右を交互に見る。

両側から小芳をはさむように、スーツ姿の男たちが中央通りに向かっていた。

610だ。

通りに到達すると、三人は秋葉原駅方向へ姿を消した。

矢島は五十メートルほど一気に走った。

三人は中央通りを渡りきっている。

待っていられなかった。走行するクルマの間隙を縫って、大通りに飛び出した。

右手から猛スピードで突っ込んできたセダンをかわし、その場で一回転して、前を向いた。一歩前に進むと左手から、大型トラックが眼前に迫ってきた。

エアブレーキを踏むけたたましい音がして、わずかにスピードがゆるんだ。

残った五メートルを走り抜く。三人は七十メートル先にいる。

あのままどこに連れて行く気か。加勢はないのか。

角を曲がり、姿を消した。

見えなくなったところまでダッシュする。

山手線の高架下を小走りに移動する三人をとらえた。そこに向かって進み、高架下を出たところで右手を見た。駅方向だ。

三人が大通りを走って、秋葉原駅前にある家電製品の大型量販店に入っていく。

まさか電車で逃げる気なのか。

量販店前に着いた。息が切れた。映画のスクリーンほどもある巨大な液晶ビジョンに、薔薇(ばら)を口にはさんだ女の顔のイラストが映し出されている。その下に並んだ自動ドアの奥に目を凝らした。

広そうなフロアだ。三人の姿が見えない。

店内に入った。鉄格子(てつごうし)のむき出しになった天井に、びっしりと蛍光灯が張りついている。巨大な工場さながらの広さに、一瞬、方向感覚を失う。

右手だ。エスカレーターを登っていく三人の姿をとらえた。

そこまで、たっぷり十秒ほどかかった。

三人の姿はどこにも見えなかった。

勘を頼りにまっすぐ進む。パソコン用モニターが延々と続く。それが途切れた十字路で左右を見る。早足で歩く三人がいた。近い。

一歩踏み出したとき、三人のあとを追いかけるTシャツを着た男が目にとまった。

……シリコン丸の男か？

そこまで駆けて、左手を見やった。

間違いない。あの腕力のある男だ。

そう思う間もなく、先を行くふたりの男のうちのひとりがTシャツ姿の男をふりかえる。

小芳の左側にいる男が、華奢な少女の腕を引っぱり、左側の通路に消えた。

Tシャツの男がそこに向かって走りこむ。そのまま三人を追いかけて姿が見えなくなる。

その十字路まで達して、通路の先を見た。客の姿があるだけだ。それらしい人間はいない。

ふたつ目の十字路に差しかかったときだ。

今度は右手のすぐ先の路地を、四人が固まるように歩いていた。Tシャツ姿の男が前をゆくふたりの男に挑みかかろうとするのが見えた。

あわてて、そこに走り込む。

右手に男がふたり床に伏せっていた。腹ばいになり、虫のように手足を動かしている。

Tシャツの男が倒したようだ。

小芳はいない。

うしろをふりかえる。ちょうど下りエスカレーターにふたりが乗るのが見えた。

矢島は通路を走りきり、エスカレーターに足をかけた。

Tシャツの男は小芳の腕をとり、携帯で何事か話ながら通路を駆けている。

追いつけなかった。

ふたりが店の外に出た。自動ドアのガラス越しに、店の前に立つ姿が見える。

動こうとしない。様子がおかしい。このままでは逃げられる。

力をふりしぼって通路を走った。自動ドアをくぐり抜け外に出る。

「小芳っ」

呼びかけると小芳がふりかえった。

同時にTシャツの男が矢島を見やった。あれだけ走ったにもかかわらず、男の顔は上気していなかった。視線が合うと、かすかにうなずいて見せた。

わけがわからなくなった。このおれを知っているのか。

シルバーのミニバンがふたりの前に滑り込んできた。

後部座席のドアを開けて、男は小芳を押し込むように中に入れた。続けて、男も乗り込む。ミニバンは駐車スペースから急発進して、秋葉原駅の高架下を猛スピードで走り去っていった。

15

ジャンク通りは警察による遮断線が張られ、一般客は閉め出されていた。救急車がひっきりなしに通りに入っては出ていく。ようやく駆けつけた警官たちで、シリコン丸前の路上は制服一色だった。店内のガラスが割れて、足の踏み場もない。

店から出てきたマツバと目が合った。

三階にいた男たちの様子を訊いてみると、怪我を負った人間たちは、救急車で病院に運ばれていったという。

「連中は610の人間ですか？」

マツバが訊いた。

「そのはずだ。ここまでやるのは、連中しかいない」

「この店が、水天法とかいう宗教団体の隠れ蓑だったんですかね？」

心ここにあらずといった顔で、マツバは銃弾の痕のついたシリコン丸の建物を見上げる。

「なにかしらのつながりがあるはずだ」

「それにしても、よその国まで来て、自国民を襲うとは……」

惨状にマツバは言葉をつまらせた。

「黒いメガネをかけた店員はいなかったか？」

「……見かけなかったです」

逃げられたか。仕方がない。矢島は話題を変えた。「ウイルスについて聞いたか？」

「聞きました。発注者はアメリカだったわけですね。だから必死になって取り戻そうとしているわけだ」

「アメリカだけじゃない。６１０の連中もウイルスを追っている」

「ウイルスを？　本当ですか？」

矢島は６１０の人間と思われる連中が、ウイルスを捜していると伝えた。

「とんでもない殺人兵器だからか。中国はアメリカの専売特許にしておくわけにはいかないのかもしれません」

「それにしても、どこにいったんですかね？　ウイルスは」

「その通り」

「わからない」

声をかけられてふりむくと水色のワンピース姿の麻里が立っていた。

「怪我をしているじゃないですか」

麻里に腕を引かれて、救急車の前に連れていかれる。

救急車の車内で、麻里は手荒く矢島の手当てをした。近くに停めてあったランクルに連れて行かれ、さっさと運転席に乗り込んだ。ふりかえり、

「どちらへ？」

ときつい調子で問いかけてくる。

やれやれ、まだ収まっていないか……。

「池袋の〝延吉〟に」

「関峰（グァンフォン）さんの店ですね」

麻里は手荒くクルマを発進させた。

いまになって、左腕の傷が痛み出した。

ストレスが体じゅうに充満していた。足腰に疲労がたまっている。

バスケットの中から、サーモス水筒をとりだし、蓋（ふた）を開けて中身を喉に流し込んだ。シ

ークワーサーと蜂蜜(はちみつ)を水で割った飲み物だ。ピリッとした苦みが舌を痺(しび)れさせる。少し正気をとり戻した。

「六本木の春日組の会長はどうだ？」

矢島は訊いた。

「連絡が取れました。きょうの夜なら会えるそうです」

「では六時に」

「そのように伝えます」

助手席の背面に取り付けられた液晶テレビの電源を入れる。どのチャンネルも秋葉原で起きた騒乱の中継をはじめていた。事件の舞台になったジャンク通りは、警察が封鎖していているため、中央通りからだ。中国人同士の喧嘩が発展して銃撃戦になったという。ピントのはずれたレポートだ。真相は誰にもわからない。矢島も同じだった。

関峰は夕食の仕込みに余念がなかった。火鍋で盛大に野菜を炒めている。矢島の顔を一瞥しただけで、手元に目を戻した。

「秋葉原で戦争がはじまったのか」

皮肉っぽく言われる。

「それに近いかもしれない」

「おまえが言うとひどく物騒に聞こえる」

席につき、コップに冷水を注いで一息に飲んだ。

「ロン、まさか、参加していたわけじゃないよな」

心配げな顔で訊かれる。

「してないよ」

矢島はつい話をそらせた。

「それならいい」疑い深そうに言う。「さてと、何を食べる?」

「まかせるさ」

「そう来ると思った」

言うそばから、てんこ盛りになった黒酢の酢豚を出してくる。

矢島はさっそく、箸でつまんでほおばった。

旨い。

ゆっくりと嚙みしめながら、

「辰巳埠頭で水死体が上がったみたいだが、テレビで流れたか?」

と訊いてみる。

「じゃんじゃん、やっていたぞ。遺体の顔まで流していた」関峰は悲しげな顔で続ける。

「日本人なら、あそこまではしない」

違うと矢島は思った。テレビ局にも、大きく扱うように、圧力がかかっているのだ。

「ひどいな」

矢島はひとりごちた。

「言わんこっちゃない」苛立たしげに関峰は続ける。「ロン、いざとなったら、尻尾を巻いて逃げるんだぞ」

「そう……だな」それとなく、矢島は口にしてみる。「中国海軍の動向はテレビでやっていたか?」

「そっちも流れてる」関峰は矢島の顔を覗き込んだ。「ロン、まさか、そっちにも顔を突っ込んでいやしないだろうな?」

「どうしてこのおれが?」

大げさに答える。

「ならいいが……」

関峰は信じきれていないようだ。

「Ｊ－Ａｌｅｒｔが発令された」

矢島は冷静を装って言った。

「あまりよくわからない。ロン、埠頭で上がった水死体って、どんな連中なんだ?」

矢島が口にしたので、気にかかるらしい。

「ひとりは内モンゴル出身の新宿のバーの店長。もうひとりは二週間前に観光ビザで来日した男らしいよ」

ふたりの名前を口にしたが、関峰は知らなかった。

「内モンゴルか……」関峰はつぶやいた。「おまえが撮った例の十字架だが、水天法の連中がシンボルとして使っているようだぞ」

やはり、そうか。

関峰は、カウンター越しにラム肉の熱々醬油かけご飯を寄こした。

じっと矢島の顔を見つめながら、

「610弁公室は、半年前から、日本国内の水天法を追いかけ回しているようだ」

と関峰は小声で言った。

610弁公室は、関峰にとっても、ありがたくない存在なのだ。

「信者はどれくらいいる?」

「邪教指定されているほかの団体に比べれば、さほど多くない。中国国内ではせいぜい五十万から百万人のあいだ。日本には、それなりの数がいると思うが」

十分な数だ。

「巨大な赤い龍を倒すと言って、中国共産党との決戦を呼びかけている」関峰は続ける。

「街頭に出て、終末期の到来を宣伝せよという指令を出したり、警察の建物を取り囲む騒ぎもあちこちで起こしてる」

「発祥の地は広州？」

「そうだ。例のマーメイが言っていた江門市近辺の小さな村らしい。違法にカドミウムやインジウムを製造する工場があって、まわりの草木は枯れ果ててしまうし、農作物は実らない。四割の村人の体内から基準値を超えるカドミウムが検出されて、その多くが中毒で死亡した」

「環境汚染に反対する勢力が宗教と結びついたわけだ」

おそらく民主化勢力も。

「そうだ。その工場は日本資本も入っているらしくて、抗日運動も教義に取り入れている」

「日本もか……それはほかの団体と毛色が違うな。信者は農民工だろう」

「だろう。過激なネットワークらしいぞ」

「関峰、おまえが教えてくれた蒲田のティアラ。それと秋葉原で標的にされたシリコン丸。どちらも中国製のゲーム機が関係しているようだ。イノセントという機種だが、聞いているか？」

「そっちは知らない」

どちらも、水天法とつながりがあるのは間違いないだろう。

そのとき懐のスマホが震えた。見知らぬ電話番号だ。

出るとしゃがれた男の声がした。

「矢島さん?」

「どちらさん?」

「春日だよ、春日」

「ああ、会長。……六本木ですか?」

「そのあたりをうろちょろしてるよ。六時でいいんだな?」

「急な申し出で恐れ入ります」

「いいって」

矢島は待ち合わせ場所の店の名前を聞いてスマホを切った。

延吉を出て、通りを北に向かった。最初の路地の角にあるタバコ屋の二階に上がる。

〝东西(ドンシ)貿易〟の表札がかかっている鉄のドアを開けた。邦夫の事務所だ。

テーブルに座っている若い男が矢島をふりむいた。茶髪の長い髪を真ん中で分け、金のネックレスをかけている。細身で整った顔立ちは、ホスト風情だ。

邦夫はいないようだ。訊いてみると、男は、

「社長? 見てわかんねえ? ほら」

タバコを持った手でがらんとした部屋を指す。

矢島が名乗ると男は椅子から弾かれるように立ち上がり、

「あ、失礼しました。川辺哲夫(かわなべてつお)と申します。……それがおかしいんすよ。午後一番に出てくるって言ったのに」

「おまえは、ずっとここにいたのか？」

「あ、はい、ここに住んでますんで」

おかしい。ここへ来ると言っていたはずだが。

16

指定されたのは六本木ヒルズのけやき坂にある専門店街だった。二階にあるステーキハウスは照明が落とされ、落ち着いた雰囲気だった。テーブルの半分は欧米系の外国人が占めている。店員も多国籍だ。

カウンターを背にした席で、ブラックスーツにノーネクタイの男がステーキにむしゃぶりついていた。矢島が近づくと斜めうしろにいたソフトモヒカンの若い男がすっと前に出てきた。

ステーキを口に入れたまま、男はそれを制して矢島に微笑みかけた。

恰幅(かっぷく)がいい。六十代前半。いかにも支配欲に満ちあふれた顔をしている。

「久しぶりだな」

　春日光雄はマンゴーカクテルで満たされたロングドリンクをあおりながら、前の席を指した。

「遅くなりました」

　言われたまま、入り口を背にして席に着く。

「いつぞやは、世話になった」

「そうでしたか？」

　矢島はとぼけた。春日のフロント企業から警備の仕事を請け負ったことがある。それが縁で、去年、拳銃の不法所持で組員が逮捕されたとき、警察とのあいだに仲介に入り、釈放させてやったのだ。

「肉、いくだろ？　ここのオーストラリア産テンダーロインはいけるんだよ」

　矢島の承諾も得ないまま、春日は外国人のボーイを呼んで、注文をすませる。

　運ばれてきたジョッキの生ビールで乾杯する。

　壁で仕切られた隣の部屋はバーから、たえまなくざわつきが洩れてくる。客のほとんどは背の高い外国人だ。

「花岡が世話になっているようで」

　矢島が言うと春日は一瞬、臭いものが鼻先をよぎったように顔をしかめた。

「なーに、持ちつ持たれつっていうやつだよ。ま、あんたの顔はつぶさねえからさ」

おれの顔をつぶさないとは、どういう意味か。

「オヤジさん、昼間の秋葉原の件ですか?」

警官ならともかく、いまの矢島は遠慮する立場にはない。単刀直入に行けるのだ。

「だいぶ派手にやりあったらしいじゃねえか。あんた、いたのか?」

好奇心たっぷりの顔で訊いてくる。

「隅のほうにちょっと」

「あの店なんだっけな、えーと」

春日は肉を切る手を止めて、考える。

「シリコン丸ですか?」

春日の顔がパッと明るくなった。「それそれ、うちの若いもんもずいぶん世話になったぜ。行けばたいがい、〝名簿〟が手に入ったからな」

振り込め詐欺のカモの名簿だろう。

「オヤジさんのとこも、とうとう振り込み詐欺……」

それから先の言葉を呑み込んだ。

暴力団の中には、振り込み詐欺に手を出す組もあるのだ。

「いつもっていうわけじゃねぇぜ。カネが要るときだけだ。シリコン丸は中国人ハッカーがそろってるだろ。やつらがいろんなところのホームページに行っちゃぁ、抜いてくるわけだ。中国人専門の闇の職安だってある。かなわねえよ」

矢島はふと、店の三階にいた黒メガネの店員の顔を思い出した。あの男もハッカーとして、その種の悪さをしていたのだろう。

「オヤジさん、お伺いしますが、〝名簿〟以外のヤマでも、連中と組んでいるわけですか？」

「そんな大がかりなことはしちゃいねー」春日は声を低くめる。「ただし、中国人からの話はすぐカネになるからな」

「中国人のワルは、日本人こそ財布代わりだと言ってますよ」

日本の暴力団から、関東一円の金持ちの家のリストをもらい受け、中国人が押し入るといった図式だ。

「まぁ共存共栄っていうやつだよ、な、わかるだろ？」

「今回のウイルス強奪のようなヤマも、中国人の手助けをしたりして？」

「ウイルス……なんだいそりゃあ」

うそを隠すように、ステーキにかぶりつく。

ウイルス強奪事件のあらましを話した。

春日は油のついた唇の端を曲げて、笑みを浮かべた。

「それくらいなら、うちがやらんでも、余所がやるさ」

「盗難車だけじゃなくて、ヤサの確保やハジキの用意もする話ですよ。日本側の手配師は誰なんです？」

「おれっちってか？　ちょっとお門違いじゃねーか。あんたが昔張っていたドラゴンの連中はどうなんだ」

「そっちの話は入っていませんよ」

「そういや、福建や上海の連中が手を出したって話は聞かないな」

中国人は、出身別にグループを作る。

そうでないとするなら……やはり。

「ウイルスのヤマはよ、えらく急いでいたらしいぜ」

はじめて聞く話だ。

「どういうことです？」

「一日仕事っていうやつだな」

「依頼があったその日に決行？」

核心に近づきすぎたと見えて春日は口を閉ざした。

急ぐ必要はない。

「最近の上海はどうですか？」

と矢島はカマをかけてみた。

「空気が濁っていて、外に出られねえわな」

あっさりと春日は言った。

「この冬も行かれたんですね？」

「呼んでくれるんだから、行かないわけにはいかねえ」

先見性のある暴力団は、暴対法で身動きが取れない日本国内より、海外に活動の目を向けている。その中で中国はもっとも身近だ。春日組は以前から上海に拠点を持っている。ヤクと拳銃、それに女の買い付けのためだ。

「……誰に呼ばれたんです？」

「おれが言うわけにゃ、いかないだろ」

不機嫌そうに春日が洩らした。

ステーキが運ばれてきた。ひとくち切り取って口に放り込む。

ふだんなら旨いだろうが、いまは味わっている余裕がない。

「オヤジさん、いま、中国本土のとんでもない連中が入り込んでいる。今度のヤマはそいつらが仕掛けているんですよ」

矢島が言うと、春日は眉根に深いしわを寄せた。

「どんな連中だい？」

「水天法という宗教団体」

「聞いてねぇなぁ」

「そうとう、いかれてるやつらみたいですけど」

「聞き慣れない名前だな。まあ、九十九里のイワシでも食って来なよ」

意味がわからず、押しの強そうな顔に見入った。

春日はコップに残ったドリンクを飲み干して、うしろに控える男に空のグラスを差し出した。

その瞬間、春日の額に黒い穴が開いた。そこから一筋、血が垂れた。大きく目を見開いたまま、春日は肉が残った皿の上に顔を突っ込んだ。

飛び散った肉汁が、矢島の顔に降りかかった。

火薬臭を感じた。音はしなかった。

うしろにいるソフトモヒカンの顔がひるんだ。あわてた様子で、懐に手を入れるのを見て、矢島は床にひれ伏した。

カウンターに置かれていたワインが爆発したように割れる音がした。

ソフトモヒカンの男の胸元に、パッと花が咲いたように血糊が広がった。

女の悲鳴が起きた。左手に転がりながら、入り口に顔をねじ曲げる。

黄色いTシャツを着た男がサイレンサーの装着された拳銃を握りしめている。

矢島はホルスターのベレッタに手をやり起き上がる。

テーブルにいる若いカップルが、抱き合ったまま石のように固まっている。

そこを離れようとしたとき、隣室のバーから、火のついたような怒声が響いた。

思い思いの服を着た集団がばらばらと飛び出てきた。どれも、粗末な身なりだ。フォーマルな服装をした客とは明らかに違う。

銃を撃った男の仲間だ。

銃撃を失敗した場合に備えて、待機していたのだ。

ここで撃ち合いはできない。

矢島は客を装って、テーブルのうしろに回って身をかがめる。

「殺したか(シァラマ)」

「殺った(シァラ)」

中国語を洩らしながら、五人ほどまとまって、先を争うように店を出て行く。広州なまりだ。ひとりの首元で十字架のネックレスが光った。

水天法か。

最後のひとりが出て行くのを見送る。

矢島はベレッタを握りしめて表に出た。広い歩道の左右を見る。

ふたりが六本木通り方面へ。三人が麻布(あざぶ)方向へ走っていく。

統制が取れていない。
三人組につく。
走りながらベレッタのスライドを引き、薬室に弾を送り込む。
三人組の前後に五、六人の歩行者がいる。気づいたカップルが広い歩道の脇に寄った。
最後尾のポロシャツを着た男が矢島をふりかえった。
「追いかけてくるぞ（チゥイライラ）」
言うが早いか、その場に立ち止まり、男は拳銃を矢島に向けた。
矢島は走りながら前方に向けていた銃口をポロシャツの男の肩に合わせる。
トリガーを引いた。
同時に男が発砲した。矢島の位置から見て下方向だ。
男は膝から崩れ落ちた。
矢島にはかすりもしなかった。
あたりにいた歩行者が建物の側に逃げのびる。
歩道にはふたりしかいなくなった。
パッと連続して光るものがあった。熱風が顔に降りかかる。
音はしない。サイレンサー付き拳銃を持った男が撃っているのだ。
横っ飛びに、歩道の真ん中にあるケヤキの木の陰に身を隠す。

別方向から乾いた銃声が道路にこだまする。銃弾が木に当たり、顔面の横の木っ端が散った。

道路の後方から猛スピードでミニバンが走り込んできた。

歩道すれすれに、三人組の横で急停車する。後部座席のドアが内側から開いた。

三人はそこに向かって駆けた。

矢島はミニバンのリアガラスに、立て続けに三発撃ち込んだ。

三人のうちのふたりが、身を横にして飛び込むように、ミニバンへ乗り込んだ。

ドアが閉まり、高速回転するエンジン音とともにミニバンが勢いよく走り出していった。

その陰からTシャツの男が飛び出た。乗り損ねたのだ。

サイレンサー付き拳銃を持った男だ。あわてて歩道を横切る。

そのまま、目映(まばゆ)い光を放つ大型路面店の中に駆け込んでいった。バッグで有名なフランスのビッグブランド店だ。

入り口で女性客と交錯して、短い悲鳴が上がった。商品の入った買い物袋が歩道に落ちた。矢島も入り口に向かった。

両開きのドアを押し開いて、店内に踏み込む。昼間のような明かりがまぶしい。

拳銃を握りしめた男がバッグの陳列棚の前を駆けていく。

制服姿のガードマンが凍りついたように突っ立っている。

女性店員が壁に張りついて、動けなくなっていた。

男は店員専用のドアをこじ開けて、中に消えた。

五秒遅れて矢島もそこに飛び込んだ。バックヤードだ。

スチール棚に商品の入った箱がずらりと並んでいる。

ゴムの弾けるような音が聞こえた。棚のすき間から、銃弾が飛んできた。かろうじてかわす。

棚の陰から奥を覗きこんだ。

スーツ姿の女性店員を羽交い締めにして、黄色のTシャツ姿の男がこちら向きに立っていた。三十歳前後。

銃口は矢島に向けたままだ。

「近寄るな」

男は中国語でわめいた。広州なまりだ。

左手で女の髪の毛をつかんで、体を密着させている。

女性店員は顔をゆがめて、男のなすがままだ。

矢島は棚の陰から一歩、横に出た。男の射線に身をさらす。

次の瞬間、男は発砲した。

低い音が聞こえた。後方にのけぞるように倒れ込む。

続けてもう一発、放たれた。棚に当たった銃弾が跳弾して、壁に突き刺さる。

床を二回転して棚の陰に隠れた。

男は女性店員を抱きかかえるようにして、右手のドアから消えた。

矢島は注意しながら、壁にそってドアにとりついた。

ゆっくりと開ける。倒れ込んでいる女性の素足が見えた。そっと首を出した。廊下を奥に向かって走ってゆく男の背中が見えた。

エレベーターの前でボタンを押したものの、エレベーターはすぐには降りてこないようだ。

案の定、男は階段の方向へ走り出した。

矢島はドアから外に出た。身を低くして追いかける。

男は二階に達していた。

ちょうどそこに、エレベーターが降りてきて扉が開いた。人はいない。

上がりボタンを押してから、階段に近づいて見上げた。男は三階に向かっている。

エレベーターが到着し、飛び乗った。

五階のボタンを押す。

上昇しているあいだにベレッタのマガジンを取り替える。

五階に着いた。ドアを開ける。

右手の廊下の奥だ。足音が聞こえた。上に向かっている。

壁に背を張りつけ、横向きになって階段ホールに進む。

ホールに着いたとき、そこから伸びる階段の上手のドアが音をたてて閉まった。

外から流れ込んできた風に頬を撫でられた。

屋上のようだ。

一歩一歩踏みしめるように階段を上る。ドアノブに手をかけて回した。

風が吹き込んでくる。漆黒の夜空に六本木ヒルズのタワーがのしかかるように建っている。踏み込むと柔らかい土の感触がした。一面、芝生の庭園だ。

「来るな」

タワーに向かって右手。男は金属の柵を背にしてサイレンサー付き拳銃を両手で握りしめ、矢島に照準を合わせていた。

男の手の中にある銃を見つめた。ヘッケラーコッホの古い型だ。ＭＫ23。

装弾数は十二発。

これまで男の撃った弾数を頭の中でカウントする。

まだたっぷり残っている。

男との距離は十メートル弱。

矢島は左側に倒れ込むように身をかがめ、脱兎（だっと）のごとく駆けだした。銃を持った右手をふりあげ、横手撃ちで連射する。

男がひるんだ。一瞬遅れて応射があった。外れた。

膝立ちになり、男の顔めがけて撃った。

のけぞるように男は地面に倒れ込んだ。

そこに向かって走った。

拳銃は男の腕から離れていた。

「逃げなくてもいい」

男は肩で息をしていた。

大きく開いたシャツの首元。血が出ていた。右鎖骨（さこつ）の上のあたり。

青っぽい模様が見える。十字架と天使の羽のタトゥー。

「水天法か？」

中国語で矢島が呼びかけたとき、気色悪い笑みを浮かべ、男は首を横にふった。むっくりと起き上がる。呼び止める間もなかった。

うしろにある柵によじ上ったかと思うと、宙に身を投げ出した。

呼びとめる間もなかった。

柵から外を覗いた。男の体がエアコンの室外機に当たったのが見えた。

頭が下向きになり、三階部分の透明な屋根に突っ込んでいった。

鈍い音がして屋根にぶつかり、不自然な格好で横たわった。

矢島は理解に苦しんだ。水天法がなぜ、春日を葬ろうとしたのか。

仲間のはずなのにどうして？

——口封じ。

おそらくそれだ。ウイルス強奪が水天法とつながる前に、関係する人間を消し去る腹だ。

それにしても、なぜ、あの場所に春日がいるのがわかったのか。

サイレンの音が鳴り響き、ビルのまわりが騒がしくなってきた。

離脱を急がなければ。階段を下りながら宮木に電話を入れた。

17

到着するパトカーを横目に、けやき坂を下りた。交差点の左側に、黒のセダンが停まっていた。矢島が近づくと後部座席のドアが内側から開いた。

矢島が乗り込むと、セダンは六本木通りを目指して勢いよく走り出した。

「なんの騒ぎなんだ？」

宮木がムラッとした感じで訊いてくる。

「少し訊きたいことができた」

「タクシー代わりに呼ぶなよ」

六本木通りに入り、霞が関方面に向かった。

矢島から銃撃戦の説明を聞かされると、宮木は驚いて、

「ウイルス強奪のお膳立てをしたのは、春日組なのか？」

と訊いてきた。

「そのはずだ」

「春日は水天法とつるんでいたから、610にやられたのか？」

「いや、610ではない。逆だ」

宮木は意外そうな顔で矢島の横顔を見やった。

「春日は水天法にやられた？　おまえは仲間と言ったじゃないか」

「襲ってきた連中は素人だ」

610弁公室の刺客なら、もっとスマートに、誰も見ていないところで殺すだろう。それに610の人間なら決して十字架のタトゥーなどしない。

それなりの理由があって、水天法の連中が手をかけたと思われた。

交差点ごとにパトカーが停まり、警官が立哨している。夕方のラッシュ時にもかかわらず、道はすいていた。

溜池の交差点で警察の検問が行われていた。そこから先は、一般車の通行が規制されている。すぐ先に首相官邸をはじめとする官庁街があるからだ。

宮木は首相官邸には向かわず、交差点を左折して赤坂見附（あかさかみつけ）方面に進路をとった。

「〝囲炉裏端〟をほったらかしておいていいのか？」

矢島は訊いた。

「あそこじゃ、ろくに情報は入らん」

宮木はいらついていた。

「どこへ行く？」

「行けばわかる」

六本木ヒルズで殺されたヤクザなど、ものの数に入らない様子だ。

外堀（そとぼり）通りも交通量が少ない。

「それにしても、矢島」宮木の口調があらたまった。「前から一度訊きたいと思っていたが……」

「なにか悪いものでも食べたか？」

宮木はメガネの縁を押さえながら首をふり、

「いつも危ない橋を渡っているが、命は惜しくないのか？」

「おいおい、怪物のような言い方はよせよ」

突き放すように答える。

「悪い意味で言ってるんじゃない。おまえの仕事に対するひたむきな姿勢だ。どこから来るのかなと思って」

「信義だ」矢島は車窓に目をやった。「おれの中にはその言葉しかない」

宮木はふっと口元をゆるめた。「おまえらしい」

「国、民族、政治、おれにとっては、どうでもいい。たまたま、この国にいる。それ以上でも以下でもない」

「テロリストのようだ」

「褒め言葉として受けとっておく」

宮木はアタッシェケースを開いた。「中国大使館に照会していたマーメイの身元について回答があった。馬美帆（マーメイファン）というのは本名のようだな」

言うと一枚の紙を矢島に見せた。

一九七八年北京生まれ。東京技術支援センターの正規職員。浅草（あさくさ）にあり、中国人研修生の受け入れを専門にする機関とある。

マーメイが巡回員と言っていたのは、うそではないようだ。

五年前に来日するまでは、北京の米国系環境保護NGO事務所に籍を置いていたとある。それ以前の経歴は、一九九七年、人権問題を学ぶためイギリスのケンブリッジ大学に私費留学。一年後、カナダで人権活動の実践を経験し、ハーバード大学のロースクールで人権研究コースに入った。二〇〇四年、中国に帰国とある。

「人権活動家？」

矢島が言うと、宮木は大げさにうなずいた。

「バリバリの人権活動家だ。中国の国家安全部に目をつけられて当然だな」

「６１０弁公室に拉致されてもおかしくないか……」

「それは、あちらさんのやることだから、うちではわからん」

中国人研修生を受け入れた機関は、中国人研修生が宗教団体に入らないように見張るのが役目だ。マーメイはその逆をしているようだ。

「それと、秋葉原のシリコン丸だが、違法な中継サーバーを運営していた」宮木は続ける。

「日本のネットゲームのほとんどは、中国人ユーザーを締め出すために、日本国内のＩＰ以外からの接続をすべてブロックしてるの知ってるか？」

「知らない」

「中国人がハッキングをするからだ。シリコン丸に置いてるサーバーは中国本土のネットカフェと契約していて、そこからアクセスさせて、日本のネットゲームに入れるようにしてある」

黒メガネの男が行っていた行為だろう。

「それに近いものは見た」

「それから、おまえに頼まれたもの」

宮木はシリコン丸で売られていた中国製家庭ゲーム機の入った箱をよこした。〝遊戯王〟という名前だ。いまは見る気にならず、脇に置いた。

コンソールの液晶テレビには民放のニュース番組が流れていた。異常な首都の状況に触れていないのが不気味だ。

「中国関連の報道はないのか？」

矢島は訊いた。

「報道統制に入った」

深刻な事態だ。

「中国の原子力潜水艦は見つかったのか？」

「まだだ。ただし、中国海軍は大々的に艦隊を日本海に展開しはじめた。航空機もひんぱんに我が国領空を侵犯している」

「日本の対応は？」

「日米の主力艦船がウラジオストック沖に着いた。原潜はまだ探知できていない。ロシア艦隊の船が遠巻きで見守っている」

「中国はまだ何も言ってきていないのか？」

「大使を呼んでいるがだめだ。公海上の出来事には関知しないの一点張りで、取り合わない」

中国人の身分照会と政治は別次元のようだ。

「行方不明の原潜は意図的なのか？　……それとも事故か？」

「まだ、どちらとも言えない。捜索海域は、日本海盆の真ん中らしい。深いところでは二千メートルある」

赤坂見附の信号機を突っ切ったとき、スマホに着信があった。邦夫からだった。

「見つけてやった」

邦夫は低い声で言った。

一瞬、矢島は邦夫の言った意味がわからなかった。

「海南島の三亜ホテルであったインフルエンザ騒動」

言われて思い出した。邦夫にも依頼していたのだ。あてにしていなかったので、矢島は面食らった。

「あったのか？」

「おれのダチがホテルに出入りしている。そいつからの情報だ。十日前に三人死んでいる」

「インフルエンザでか？」

「そうだ。そのときの動画がある。あとで送る」

それだけ言うと邦夫は電話を切った。しばらくしてスマホに動画が着信した。

再生させてみる。

——驚くべき動画だった。

今回の騒動の発端を物語っているように見える。

それにしてもと矢島は思った。

自分が戻ってくるまで、クルマで待っていろと命令していたのに、邦夫は消えてしまった。あれから、邦夫は知り合いと連絡を取り、この情報を仕入れたのか。

宮木が気になる様子なので、動画を見せた。送ってきた邦夫について説明する。

「辰巳埠頭に来ていたヒゲか？」

宮木が言った。

「そうだ」

割り切れないものを感じた。

広尾ステーツ近くで、ランクルを停めていたホテルの名前を口にする。

「おまえを拾ったホテル？」

矢島はうなずいた。邦夫を待たせていた場所だ。「あそこから邦夫は消えた。ホテルの駐車場の防犯カメラの映像が欲しい」

「ランクルを停めていた時間帯でいいんだな？」

「それだけでいい」

「わかった。取り寄せよう」

宮木がその場から携帯で所轄署に電話を入れて命令する。

気がつくと、市ヶ谷（いちがや）の防衛省正門前で停まっていた。宮木が身分証を見せる。守衛がナンバーを確認してゲートを通した。

庁舎A棟の地下駐車場にクルマを停めて一階に上がる。正面玄関では制服姿の一等空尉が待ち構えていて、身分を確認されたのち、セキュリティチェックを受け、地下三階に降りた。

案内されて入った厚い鉄扉（てっぴ）の向こうは、巨大なオペレーションルームだった。

正面に映画館のスクリーンほどもある大型スクリーンがあり、日本列島とその周辺に展開する日米の軍事情報が映し出されていた。

いま、日米の艦船は本州の津軽（つがる）海峡の西側半島に集中していた。それらと対峙する形で、中国海軍がほぼ同数の軍艦をそろえていた。

中国と日米の艦船は、四十キロほどの距離をおいて、互いをにらみ合う格好だ。ロシア海軍はいない。

奥尻（おくしり）島南西の沖合五十キロの地点だ。中国側は、日本の接続海域ぎりぎりのラインに接近している。

Ｊ－Ａｌｅｒｔが発令された意味がようやく呑み込めた。

きょうの朝から、日本は準戦時体制に入っていたのだ。

オペレート担当官のうしろに、制服幹部が顔をそろえていた。

宮木に紹介される。園田統合幕僚長をはじめとして、陸海空の三幕僚長や各部長、さらに防衛副大臣もいる。政府要人が主催するパーティーや会合で、園田や各幕僚長とは顔見知りだ。

思っていた以上に事態は緊迫しているようだ。日米の艦船は、北海道寄り。奥尻島沖合から、南東にある津軽海峡方向に展開している。

園田幕僚長に手招きされ、宮木とともに、その両側の席についた。

「ロン、派手に動き回っているらしいじゃないか」

とささやかれる。

矢島はそれを聞き流して、

「中国潜水艦は、日米艦船が展開するラインの下にいる？」

と訊いてみた。

園田は太い眉を動かして矢島を見やり、

「そう見ている」

と答えた。

矢島はしばらく言葉を返せなかった。ウラジオストック沖にいたはずの謎の潜水艦は、日本列島の真横まで近づいているというのか。とてつもなく深刻な事態に思われた。

改めてスクリーンに見入った。奥尻島から津軽半島に向かって、展開している。日米の艦船は二十五隻。

園田は目の前にあるコンソールのマウスを動かし、日本海の海図を表示させた。奥尻島の左側を指す。「このあたりの海底は、奥尻島を境にして、崖のように二千メートルほど一気に落ち込んでいる。この急な崖は、奥尻海嶺と呼ばれているんだが、このあたりに潜んでいるはずだ」

そこは日米の艦船が展開するエリアの真下だ。

「音紋で目標は識別できた」園田は続ける。「ナンバー408らしい。原潜だ。一時間前に見失った」

イザベラが言った通りのようだ。

「潜水艦発射弾道式ミサイル搭載の原潜？」

矢島が訊いた。

園田は深くうなずく。「外交ルートを通じて、警告している。いまのところ公海だから、威嚇はできない」

「408は海南島の海軍基地所属のはずだが、乗組員の動静はわかっているのか？」

「アメリカに照会中だ。部隊名しかわかっていない」

ふいに甲高いアラートがフロアに響き渡った。

「408を感知したようだな」

騒がしくなってきた。幕僚幹部が相次いで席を離れ、報告に走っている。

スクリーンに映っている日米艦隊は、津軽海峡の西口に集結しはじめた。

18

交信を聞きながら一時間。

スクリーンに津軽海峡が映っている。曇天だ。白い波頭が目立つ。

オペレーションルームにアナウンスの声が響いた。

〈松前の潜水艦探知ケーブルが感知〉

園田は、北海道側の松前半島の先端にある白神岬と津軽半島の竜飛岬を交互に指した。

直線距離で約二十キロだ。

「このあいだの海底に敷設してある探知ケーブルの真上を408が通ったようだ」

園田は信じられない顔つきで言う。

スクリーンに映し出された地図を見た。そこは青函トンネルの真上だ。

「津軽海峡に入った？」

矢島が訊いた。

「そうだ」

矢島は宮木と顔を見合わせた。

海峡とはいえ、日本の国土の中に侵入したと同然ではないか。

園田は震える手でその付近の海図を画面に呼び出した。

「奥尻海盆から、一気に上がってきたようだが……」

深さ千メートルほどある奥尻海盆は、北海道に近づくと急激に浅くなり、津軽海峡西口では三百メートルにも満たなくなる。

「最新式の原潜なんでしょ？　音を拾えるんですか？」

宮木が訊いた。

「津軽海峡は大陸棚にある。深いところでせいぜい水深四百メートルだ。原潜はタービンを回すから、どうしても騒音が出る」

〈……目標探知、目標探知。左四十三度。距離二千二百。速力……ゼロ……静止している模様〉

オペレーションルームが静まり返った。
海峡内で静止？
事故でも起こしたのか……。
息を詰めて見守っていると、ふたたびヘリから静止位置の報告が入った。
園田が目の前にあるコンソールに海図を読み込んだ。
津軽半島の先端にある竜飛岬の真北。津軽海峡の中央部から、やや南寄り。
海底の深度は百二十メートル。
北海道福島町の吉岡沖、約十キロの地点だ。
オペレーションルームがどよめいていた。
中国の原子力潜水艦が津軽海峡の海底に着底しているのだ。
園田統合幕僚長をはじめとして、陸海空の幕僚長たちは一様に押し黙っている。
奥尻島沖にいる中国艦隊は、依然として動かない。
園田はマウスを動かして、そのあたりの海底図を展開させた。
松前から白神岬を経て吉岡まで、ゆるやかな海底段丘がつながっている。
潜水艦が着底しているのは、海底段丘の先端の丸く張り出した部分だ。
「しかし、いったいどうして……」
宮木が深いため息をつきながら言った。

矢島にもまったくわからなかった。

こんなところに着底して、何をしようというのか。

「わからん……」園田が言う。「なんらかの事故としか思えない」

「意図的な侵犯の可能性は？」

宮木が語気を強めた。尖閣諸島と同じように、中国が強気に出て、日本側の出方を窺う作戦と見ているのだ。

「なにか突発的な異常事態が発生したとしか思えない。大胆すぎる」

「潜水艦の艦長が勝手に行動を起こしたと考えられませんか？」

宮木が訊いたが、園田は答えない。

「威嚇できないのですか？」

宮木が改めて訊いた。

「威嚇しようにも、ここは公海だ。日本政府は津軽海峡を国際海峡として登録している。この通り」

園田がマウスを動かすと、地図上に公海の線が現れた。津軽海峡の中央部分だ。日本海から太平洋まで、まっすぐで幅十キロほどのエリアが公海となっている。

理解に苦しんだ。日本の領海の幅は、二十二キロだ。それが、いま画面上に表示されている津軽海峡の領海は、岸からわずか六キロ足らずしかない。そこから先の空白が、公海となっているのだ。

「というとこの原潜は領海侵犯にはならない？」

矢島が訊いた。

「ならない。公海では潜水航行も許されている」

「でも、原潜は海底に止まっている……」

「だからといってすぐに、威嚇などできない」

なんということかと矢島は思った。

潜水艦発射弾道ミサイルを搭載した中国の原子力潜水艦が、津軽海峡の海底に鎮座(ちんざ)しているのだ。核爆弾付きの機雷(きらい)が沈んでいるのも同然ではないか。

なのに、抵抗もできない？

オペレーターの怒鳴り声が響いた。「幕僚長、首相からお電話です」

園田があわてて受話器をすくい上げる。

二分後、園田は受話器を置いて、矢島をはじめとする幕僚らに顔を向けた。

「首相官邸に中国大使が来て、中国の原潜であると認めた。事件発生を中国として遺憾に思うと謝罪している」

「着底した理由については何と？」

幕僚のひとりが訊いた。

「通常の訓練の過程で、誤って入ってしまったと言っている」

「それを信じるのですか?」

「信じるも何もない。追って、艦の情報を通知してくる」

しばらくして、スクリーンに、原子力潜水艦の写真が映し出された。

〈408号、長征八号。
艦長　張志丹（チャンチィダン）　上校　五十一歳〉

「早いな」

幕僚が口をそろえる。

「知っている」園田が言った。「昔、日中合同軍事演習のとき、会った。将来の中央軍事委員候補だ」

「出世頭か……」宮木が言う。「そうなるとやはり、非常事態か……」

宮木は言うと、矢島に、

「さっきの動画を見せてくれ」

と声をかけてきた。

言われた通り、動画を開いて渡したスマホを、宮木は園田に差し出した。

しばらく見入ってから園田は、矢島に、

「この騒動は本当に海南島の三亜ホテルか？」

と訊いてきた。

矢島は改めて動画を見た。

十日前に撮られた映像だ。セーラー服を着た軍人らしい男が担架に横たわり、救急隊員らにより、あわただしくロビーから連れ出される映像だ。白服に黒ネクタイという士官らしい制服を着た男が、ぴったりと寄り添い、横たわる男に声をかけている。

「そのはずだが、なにか？」

「この07式軍服を着た士官は、なんと言ってる？」

「待ってくれ、聞いてみる」

矢島は耳を澄ませて聞き取ると、それを訳して聞かせた。「『心配するな、亜龍（アロン）に戻れるからな』と言っている」

「亜龍……救急隊員はなんと？」

矢島はもう一度、スマホに耳を近づけた。雑音がまじっているが、どうにか聞き終えた。

「『N1kだ、病院に伝えろ』と言っているようだが……」

そう答える。

宮木がじっと矢島の顔を覗き込んでいた。

――もしかしたら。

「H5N1k？」

矢島が口にすると宮木の顔に、黒い影が差し込んだ。

「まさか、あのウイルス……」

宮木は言うと、園田の顔を見た。「なにか？」

「亜龍というのは、亜龍湾かもしれない」

「どこの？」

「中国の海南島。408の母港のすぐとなりにある湾……」

「原潜の基地？」

園田は深々とうなずいた。「ロン、こいつはどこから手に入れた？」

「ちょっと待ってくれ。信頼できる筋ではない」

「いいから教えろ」

矢島は邦夫の氏名を口にした。

「そいつは、中国に詳しいんだな？」

「日本人よりは詳しいはずだが……」

「確認してくる」

園田はスマホ持ったまま、あわただしくべつのブースに入っていった。

か?」

すぐに戻ってきて、

「この士官は『中校』、日本で言うところの中佐になる。大隊長クラスだ。こいつがあわてているところを見ると、とんでもない事態が起きているようだが、心当たりがあるのか?」

宮木をふりかえると、深刻そうな顔で、盗まれたインフルエンザウイルスの話をした。

話を聞くにつれ、園田の顔がこわばっていく。

「もしかしたら、インフルエンザにかかった乗組員が原潜に乗り込んだと?」

矢島は言った。

出航したのは一週間前のはず。この直前に、原潜のほかの乗組員がインフルエンザにかかったとして、潜伏期間は二、三日あるだろうから、発病は乗船後になるかもしれない。

「そのインフルエンザは強力なんだな?」

園田が訊いてくる。

「強い。発病したら起きていられないはずだ。感染力も通常の倍以上ある。治りも悪いし、下手をすると死人も出るかもしれない」

「新種だから特効薬もない?」

「いまのところ、ない。当然、原潜にも置いていないだろう」

「園田さん、乗組員がインフルエンザにかかって、操艦不能の事態に陥ったと言いたいのか？」

「……今度のケースにはぴったりのような気がするが。とにかく、中国側に照会するしかない」

「アメリカ側にも聞いてみてくれ。ＣＩＡが調査中のはずだ」

「もう知っているのか？」

「念を入れて、そうした」

宮木が代わって答えた。

「問い合わせてみよう」

そのとき、宮木の携帯に着信が入った。

しばらく話し込んで、宮木は携えてきた自分のモバイルパソコンを起動させた。

その映像を呼び出し、矢島に見せると、潜水艦の話でもちきりになっている幕僚幹部の輪の中に入っていった。

見覚えがある場所だった。きょうの午後、ランクルを停めたホテルの駐車場だ。

防犯カメラの映像を宮木がもらい受けたらしい。

ちょうど矢島がイザベラと会っていた時間帯だ。

ランクルの助手席に映り込んでいる人影がある。邦夫だ。この時間帯にはまだ、いたらしい。

早送りしてみる。

七分後、黒のセダンがランクルの横に停まり、背広を着た男が降り立った。

ランクルの助手席側に近づき、邦夫に話しかけている。

しばらくして男はセダンに戻った。同時にセダンからふたりの男が出てきた。男らは、ランクルの助手席のドアを開き、邦夫を引きずり出した。

嫌がる邦夫を無理やりセダンに押し込むと、なにごともなかったかのように、走り去っていった。

元に戻して頭から見た。

最初に出てきた男の顔を拡大して見る。

たっぷりと肉がついた顔だ。メガネをかけている。

中国大使館の蔡克昌（ツァイクオチャン）ではないか。

どうして、こんなところに現れた？

邦夫にいったい、何用があるというのか。

邦夫はなぜ、電話をよこさない？

まだ蔡の元にいるのか？

この三日間に起きた出来事が、矢島の脳裏を駆けめぐった。

邦夫が話した言葉を反芻（はんすう）する。

岡地？
矢島とは顔なじみの中国残留孤児二世。
銚子で食品加工工場を経営しているが、資金不足になったと邦夫は言っていた。
無残に射殺された春日会長の顔がよぎった。
その岡地に金を貸したのが六本木の春日だとしたら……。
春日の吐いた言葉がよみがえってきた。
九十九里のイワシでも食って来なよ。
――そうか。
その場所の情報を得るため、何カ所かに電話をした。四人目でつかんだ。
宮木を残したまま、矢島は防衛省の正門から出た。
目の前の道路に停まっているランクルから、麻里が降り立った。
代わりに乗り込む。
カーナビに行き先をセットして、アクセルを踏み込んだ。

19

夜の首都高は驚くほど空いていた。まっすぐ伸びる道路の先に、黄色い満月が顔を覗かせている。カーナビの到着時間は十時半。二時間後。

遅すぎる。アクセルを一段と踏み込む。またたく間に百八十キロに達した。

京葉道路を一気に駆け抜けて東関東自動車道に入る。

自衛隊の兵員輸送トラックを何台か追い越した。

警察無線に合わせた周波数は、単発的に起きている交通事故の報を拾うだけだった。自衛隊無線は沈黙している。

成田を過ぎるころ、スマホに防衛省の地下本部にいる宮木から連絡が入った。

「……CIAから回答があった。六日前、三亜市内でひとつの病棟ごと隔離された病院が三カ所あるらしい」

「新型のインフルエンザが発生した？」

「そのようだ。中国当局はいっさい発表していない」

ますます怪しい。

「三亜市のほかに感染地区はあるか？」

「ない。三亜市内でも、ごく限られたエリアのようだ」

奇妙だ。インフルエンザとしたら、もっと広範な地域で感染者が出るはずだが。

「H5N1kである可能性は？」

「当地の医療関係者のあいだでは、それらしいものが取りざたされている」

動画を撮ったとき、すでにその名前のウイルスが出ていたはずだが。

「死者は？」

「出ているようだが、発表がないからわからんそうだ。中国の科学院が調査中らしい〉

「動画にあった三亜ホテルはどうだ？」

「同じとき、４０８号の乗組員が十二名、滞在していた」

心臓を直接手で触られたような、ひやりとしたものを感じた。

「たしかか？」

「間違いない」

「その連中は、そのまま潜水艦に乗ったのか？」

動画に出ていた士官も含めて、潜水艦に乗り込んでしまったのだろうか。

「乗っている」

やはりそうか。

「Ｈ５Ｎ１ｋの感染力は？」

「接触感染、空気感染ともに強力だ。通常のＡ型、Ｂ型以上。一回のくしゃみで二百万個、咳で十万個が吐き出される。二メートル以内の距離にいる人間の呼吸器に入り込んで感染する。目の粘膜からもだ」

「艦内で感染者が出たという報告はあるのか？」

「中国当局が混乱した時期があった。そのとき、報告が上がったかもしれない」

「五日前？」

「それくらいだ」

４０８号が東シナ海に出現したときだ。蛇行や同じ場所を周回するなど、奇妙な行動をとっていた時期だ。艦内でインフルエンザの感染が爆発的に広がり、混乱の極みに陥ったために、操船までもがおかしくなったとみるべきだろうか。

「そのあと日本海を北上したわけだな？」

「そうだ」

「……日米の防衛幹部の見方は？」

「一時は感染が広がったが、それがとりあえず沈静化して訓練に戻った。そのあと、日本の潜水艦探知能力を調べるために、予定通り北海道に近づいて奥尻海盆から津軽海峡を目指した。ところが、地形が複雑で離脱できなくなり、海峡に入り込んでしまったと見ている」

「４０８の艦長以下、乗組員の多くがインフルエンザに罹（かか）っているにもかかわらず、あえて危険な行動に出た。その結果、ミスを犯したという見方は？」

「それも考えている。そちらのほうが大きいかもしれない」

かりにそうだとすれば艦内はいまでも、混乱状態にあるはずだ。

通話を切り、矢島は考えをめぐらせた。

原潜の中で起きている事態が、今回のインフルエンザウイルス強奪と関わりがあるのだろうか。

東総(とうそう)有料道路を経て、銚子ドーバーラインに入った。屏風ケ浦(びょうぶがうら)だ。山が張り出したアップダウンのきつい道が続く。

本線を下りた。モニターには私立大学のキャンパスが表示されているが、こんもりした丘があるだけで、建物は見えない。二股の分岐点を海方向にとる。

潮の香りがきつくなった。古い倉庫街だ。食品会社の看板が目につく。

切り立った崖を背にして、古びた水産加工場があった。

開けられたままの扉の横に、木製のパレットがうずたかく積まれ、黄色いフォークリフトが無造作に停まっている。フォークリフトに岡地水産の文字があった。

工場に隣接して、三角屋根の冷凍倉庫がある。トラックの駐車スペース用にトタン屋根がせり出していた。

となりの倉庫の駐車場にランクルを停めて、加工場に戻った。

扉のわきから中を窺った。生臭い。高い天井に蛍光灯が二本灯っているだけだ。

奥まったところにサッシ窓があり、その中で作業服姿の従業員たちが働いているのが見えた。かなりの数だ。二十人はいる。この時間でもまだ働いている。

冷凍庫のモーター音が建物全体を震わせている。建物に入った。サッシ窓から、作業場を覗いた。

水道の蛇口が並んだ作業台があり、人が向かい合う形で、生身の魚の腹を割いて内蔵（わた）を取り出している。頭からフード帽をかぶり、下は黒のゴム製の作業パンツだ。

作業場に通じるドアの横に、ロッカーが並んでいた。ドアノブに手をかけたとき、その名札が目にとまった。

〝黄建人（ホアンジィエンレン）〟

ウイルス強奪犯だ。やはり、彼は大学に籍を置くかたわら、研修生として、ここで働いていたらしい。ということは……。

ドアを開けて中に入った。ひんやりとしていた。

奥まで通路がつながっている。

サッシ窓から作業場を横目に見ながら、先を急いだ。

作業員らの頭から湯気が立ち上っていた。中は恐ろしく冷たいだろう。

作業場の中から中国語が洩れてきた。作業員はほとんど中国人のはずだ。

日本人は辛い作業を嫌う。

作業場の奥は、冷凍庫になっているらしく、自動ドアを開けるたびに、蒸発した冷気が室内に広がる。

扱っているのはアジやサバのようだ。干物やみりん干しにするのだろう。イワシは時期はずれかもしれない。

この中に混じって、黄建人は働いていた。今回の悪事に誘い込んだのはどこの誰か。突きあたりは足洗い場になっていた。この奥にも作業場があるらしい。

外見とは違い、古い造りだが、かなり大規模な加工場だ。

ウイルスを強奪した人間たちは、ここにいるのだろうか。

作業員のひとりが矢島に気づいて、中に入ってくるように身ぶりで示した。

手を上げて、わかったというポーズをとる。そのとき、二階から下りてくる乾いた靴音がした。複数だ。

「しぶといやつだ」

「あいつが知っているのか」

くぐもった中国語が伝わってくる。

矢島はとっさに、作業場の中に入った。

冷え切った冷気に体を包まれる。煌々と灯る蛍光灯の下で、十人ほどが黙々と魚をさばいている。矢島を気にとめる作業員はいない。

ころ合いを見計らって、外に出た。

二階に通じる階段から、上を見上げた。

一階と比べて狭いようだ。出ていった男たちが戻る前に、調べなくてはならない。階段を駆け上がる。狭い通路に部屋が三つあるだけだ。ミーティングルームと倉庫。その向かいに、商品開発室のラベルが貼られた部屋がある。

中から激しい中国語のやりとりが聞こえた。

「これが最後だ。もう一度だけ訊く。ウイルスはどこだっ」

罵るような男の声だ。聞き覚えがある。

かすかに返事をする声がした。小さすぎて聞きとれない。

ドアの前で膝立ちになり、ドアノブに手をかけた。慎重に回し、音をたてないようにゆっくりと押し開いた。実験器具のそろった広いテーブルの向こう側だ。

壁に押しつけられるように、マーメイがしゃがみ込んでいた。ビニール紐で上半身をぐるぐる巻きにされている。

革製のブーツを履き、黒スーツを着込んだ男がマーメイの前に立ちふさがっている。それを見守っている背広姿の男の横顔が見えた。中国大使館の蔡克昌だった。興奮しているらしく、顔が赤みを帯びている。

いましがた聞こえてきたのは、この男の声だ。

矢島は全身に汗が噴き出てくるのを感じた。蔡を含めてこの男たちは、610弁公室の人間にちがいない。

「頼むから答えてくれよ」蔡が大げさに身ぶりをまじえて言う。「中国にいるオヤジさんお袋さんは、心配してるぞ」

マーメイはその顔をにらみつけ、

「……だからここに送ったんだってば」

と震える声で答えた。

やはり、マーメイはウイルス強奪にかんでいたのか……。三日前の夜、田上研究所を襲った強奪犯から、ウイルスを受け取り、この工場宛てに送りつけたのだ。

黒スーツの男がマーメイの髪をつかんで、壁に後頭部を打ちつけた。

鈍い音がして、マーメイの首が左右に振れる。

「本当に受けとったのか?」

蔡が窓際にいる作業服姿の男に向かって声をかけた。

工場の作業員のようだ。若い。マスクをつけたままなので表情が読み取れない。

マーメイが送りつけた相手のようだ。

「……ああ、はい、バイク便がやって来て、受けとりました」

おずおずと男は中国語で答える。

「それが、これか?」

ブーツの男がテーブルにある銀色の保冷バッグを取り上げて、男の鼻先に持っていく。

どこにでもあるアルミ素材のバッグだ。

「あ、はい……一昨日の朝、受けとりました」

ブーツの男が保冷バッグの中から、つまみ上げたのは、透明な液体が入っている一本の試験管だった。

「ふざけるな、これはただの大腸菌だ」

ブーツの男は怒鳴りつけると、男のいるほうに試験管を思いきり放り投げた。

男がパッとよけた。

試験管が壁に当たり、粉々に砕け散る。

ブーツの男が作業服姿の男をテーブルの前に連れてきて、そこにある顕微鏡を指した。

「見てみろ、これを」

言われた通り、男は恐る恐るレンズを覗きこむ。

「どうだ」

言われても男は、レンズに目を開けたまま、首を横にふるだけだ。

「……見ても、わかりません」

試験管の中身を、顕微鏡で見せつけられているようだ。

ブーツの男は作業服の男の首をつかんで、レンズに押し当てる。

「よく見ろ、棒だろう、棒。棒の束が蠢(うごめ)いていやがる」

若い男は必死で覗きこむ。

「……あ、はい」

「インフルエンザウイルスは、電子顕微鏡でなけりゃ見えないんだ」

吐き捨てるように言い、男の後頭部を殴りつける。

若い男は首をすくませるように、窓際に退く。

「どういうことなんだ。おまえが説明しろ」

男が蔡のうしろにいる人間に声をかけた。死角になっていて、姿が見えない。

「おれがわかるわけないだろ。受けとったのはこの男なんだから」

その声を聞いて、矢島は身が縮まった。

どうしていまここに、邦夫がいる？

「おまえが、すり替えたんじゃないのか？」

ブーツの男がきつい調子で邦夫に問いかける。

「だから、間違った保冷バッグを持ってきたんだ」邦夫が言う。「似たようなバッグは冷凍庫に山ほどある。そこに紛れ込んだんだよ。もう一度、探すしかないだろうが」

ブーツの男はいたぶるような目で、邦夫をにらみつけた。「言った通り探しに行っている……なかったらおまえ、責任をとらせるぞ」

「ばかな」

邦夫は強気だ。

わかりかけてきた。ウイルス強奪に邦夫がからんでいるのは確実だ。しかも、最初からだ。水天法の依頼を受けて。邦夫こそウイルス強奪の首謀者なのかもしれない。

しかし、いまはどうだ？　邦夫は610弁公室の側にいる。もともと、610の意向を受けて、水天法の依頼を引き受けたのか？

……そんな時間はなかったはずだ。

水天法から依頼を受けて、たった一日で人を集めて実行に移すような芸当ができるのは邦夫しかいない。

610があいだに入る余裕などなかった。

それなのに、どうして……。

「つまらない意地の張り合いはよさないか」蔡が冷めた口調で言った。「三日前の晩、ウイルスを受けとったのは一体、誰なんだ」

「……だから、程果夫（チオングウオフ）はすぐおれのところに持ってきたんだ」邦夫はあわてた口調で続ける。「それから、すぐこの女がやってきて、持っていった。それだけだ。もしなかったとしたら、この女がうそをついてるんだ」

ブーツの男がマーメイの顎をつかんで、上を向かせた。

「そうなのか？」

「……うそ……あんたが、すり替えたんだ」

マーメイがつぶやくのをかろうじて聞き取る。

邦夫がマーメイの前に歩み寄った。

「でたらめを言うな」

邦夫が否定すると、マーメイは憎々(にくにく)しい目で邦夫をにらんだ。

「あんたの言う話なんて、誰も信じない、裏切り者」

邦夫がマーメイの胸元を蹴った。

「なに言ってるんだ、このアマ」

「おいおい、花岡くん、どうなってるのかね？」蔡が苛立たしげに言う。「どっちが正しいんだ」

蔡が目くばせすると、ブーツの男が邦夫を羽交い締めにした。

邦夫は、形だけ抵抗してみせた。救いを求めるような顔で、蔡をふりかえる。「言われた通り、あのふたりを殺してやったじゃないか。どうして、おれを信用しないんだ」

ふたりを殺した？　どういうことか。

「強盗どもなど、どうでもいい。ウイルスの在処(ありか)だ。どこにある？　早く言え」

蔡が言葉を荒らげた。

これ以上待てなかった。

矢島はホルスターからベレッタを抜き出し、安全装置を外してスライドを引いた。ゆっくりと立ち上がり、ドアを押し開く。

部屋にいる全員が矢島をふりかえった。

邦夫が驚きのあまり、声をつまらせた。

構えた銃口を蔡の顔に当てた。信じられないような顔で矢島と目を合わせる。

テーブルを回った。

マーメイは拷問を受けたらしく、額のあたりが赤黒く腫れている。

テーブルにあるカッターナイフでビニール紐を切った。

「立てるか？」

背中に手を回し、ゆっくりと抱き起こした。マーメイの体が寄りかかってくる。

「邦夫、手伝え」

矢島は声をかけたが、邦夫はあとずさりしていった。

矢島は落胆した。激しい怒りを覚える。

「おまえの雇い主だろ」矢島は言った。「それとも、中国共産党のイヌになったのか」

邦夫はどちらともつかない顔で蔡を見やった。

蔡は呆れた感じで、

「おまえも、やっぱり水天法のようだな」

と声をかけた。

ちがうと邦夫が言いかけたとき、視界の隅で黒光りするブーツが動いた。

ぎらりと光るナイフの切っ先が、矢島の頭めがけて振り下ろされた。

とっさに左足を踏みだし、左手を高くかかげて、男の右の前腕を受け止める。銃を床に落とし、男の左手の甲を右手でロックする。両脇を絞めたまま、男の体を引き寄せる。男の肘を絞り上げ、手首を返した。ナイフが床に落ちる。

男はひるまず、矢島の腹に膝蹴りを叩き込んだ。瞬間息ができなくなり、よろけた。男の拳が飛んできて、右頬にぶつかる。

こらえて、床のベレッタを拾いあげた。

そのとき、ドア付近で銃声が轟いた。

熱波が首をかすめる。

続けざまに発射音がして、壁に弾がめり込んだ。

テーブルの下に身を投げ出した。部屋にいる全員が、身をかがめ壁を向いている。

ドアの前でふたりの男の足が見えた。そのうちのひとりがテーブルの下を覗きこんだ。目と目が合う。

間髪を入れず、男の握りしめた拳銃に向かって発砲した。

前のめりに男は倒れ込む。

もうひとりの男が部屋を出ていく。

テーブルの下から這いだし、壁に張りついているマーメイの腕をとった。

日本語で声をかけながら、腹に手を回して抱き起こし、引きずるように出口に向かう。

ドアから外を覗いた。誰もいない。

「出るぞ」

声をかけながら、歩きだす。

階段にたどり着く直前、左手のドアが開いたかと思うと、首元に太い腕がからみついてきた。抱きかかえられてしまい、身動きが取れない。

上体を倒し、両手を床に着いた。両足のあいだから、男の右足をつかんで引っ張り出した。もんどり打って男が尻餅をついた。そのまま後ろに向かって跳ねた。

尻で男の顔を壁のあいだに叩きつける。からみついていた抵抗がなくなり、矢島はマーメイの腕をとって、階段を下った。

通路の先から集団が走り込んできた。逃げ場がなかった。

足洗い場からクリーンルームを通り、作業所に続くドアを蹴破った。

マーメイの腕を引いて中に駆け込んだ。

冷気が襲いかかってきた。気がついた作業員がふりむいた。

うしろから中国語の叫ぶ声がした。

「そいつを捕まえろ。泥棒だ」
女の作業員たちが、一斉に部屋の隅へ駆け出す。
その中から、がっしりした若い男の作業員が抜け出して、行く手に立ちふさがった。
手にした小刀（マキリ）をかざし、一歩も前に進ませない格好で威嚇する。
銃を向けたが、ひるまない。
抵抗しないそぶりを見せ、銃を持つ手をだらりと垂らした。
同時に男の腹めがけてフロントキックを入れた。
あっさりと男は後方に倒れ込んだ。魚が入った箱もろとも、床に崩れ落ちる。
床に魚が飛び散った。
べつの男が眼前にはだかった。
「あきらめろ」
男は続々と入ってくる味方を指さした。
従わない矢島を見て、台の上にあるマキリを手にとり、それを顔の前に持っていった。
肘を前に突き出し、バックサイドで切りつけてきた。
マーメイから手を離し、矢島は右足を一歩前に踏み出した。
両手で男の肘をつかんだ。右手で相手の手首を引き寄せる。
半身になった男の背後に回り、男の肘を持って振り回した。

床に倒れ込む男の背中に向かって蹴りを入れる。

男は排水溝の鉄格子に、したたかに顔をぶつけて、動かなくなった。

マーメイの腕をとり、ステンレス製の頑丈そうな両開き扉の前にたどり着く。

一歩、押し込むと扉は左右に開いた。マーメイを抱きかかえて、中に飛び込んだ。

壁にあるスイッチを押して扉をロックする。

前にも増して、厳しい冷気が押し寄せてくる。パックに入った魚が山積みになっていた。

その向こうに、搬入口らしいスライドドアが見えた。

その前に出向いて、壁の開閉ボタンを押した。

暖気が入り込んできて、湯気が立ち、一瞬前が見えなくなった。

目を凝らす。トラックが横着けされるドックシェルターだ。

一段下がったそこに、ブーツの男が作業服を着た若い女を抱きかかえていた。

女の首にナイフがあてられていた。

「銃を落とせ」

男が叫び声を上げた。

動かないでいると、男は女の首に当てた刃をさっと動かした。

生白い首に一筋の血が伝わった。

卑劣な手段だ。

同国人の研修生を人質に取るとは――

ベレッタを手から離した瞬間、後頭部を激しい痛みが襲った。

前が見えなくなり、床に倒れ込んだ。

頬に尋常でない冷たさを感じた。それもすぐに消えて、漆黒の闇が訪れた。

20

全身に氷を張りつけられているような、激しい寒気を感じた。足元をつつかれている感触がある。意識が戻った。薄目を開く。

ガスがかかったように、一面がもやっている。

目が乾き切り、一滴の涙も残っていない。目をしばたたく。

ようやく、正常な視界を取り戻した。

マーメイが必死の形相で、矢島の靴を蹴っている。しかし、自身も後ろ手に縛られ、距離があるため、うまく足が届かないのだ。

矢島自身も同様に縛られ、足首もがっちりと麻紐（あさひも）でぐるぐる巻きにされている。

自分が置かれた状況がようやく呑みこめた。

高い天井に蛍光灯が煌々と灯っている。荷の入った三段の立体式ラックがびっしりと連なっている。冷凍倉庫の中だ。

息を吸うと、鼻と口の粘膜に突き刺すような痛みが走る。

吐く息が白い。おそらく零下二十度C以下だ。

「マーメイ」

呼びかけると、青白いマーメイの顔に、わずかに赤みが差した。

いったい、どれほどの時間が経っているのか。

冷え切った床から顔を上げた。

「気をつけて」

マーメイが矢島の背中越しに言った。

上体をねじ曲げて、見る。

防寒具に身を包み、フードを頭からかぶった男が壁によりかかっていた。顔の下半分しか見えないが、邦夫だとわかった。

同じように、手を縛られているようだ。

矢島は芋虫（いもむし）のように這いつくばり、どうにか上半身も持ち上げて、壁にもたれかかった。

邦夫の横だ。

「ウイルス強奪は水天法に依頼されて、おまえが采配（さいはい）した」矢島は邦夫に言った。「わずか数時間で実行犯を集めて、クルマと銃を春日から借り受けた。そして、研究室を襲った」

邦夫は床を見つめ、小刻みに体を動かすだけだ。

「実行犯のうち、黄建人（ホアンジィエンレン）は溺れ死んだが、ほかのふたりはかろうじて逃れて、おまえに盗んだウイルスを渡した。それを水天法に渡せば、終わるはずだったが、610弁公室の動きは予想以上に早かった。それを見ていて、おまえは保険をかけるつもりで、偽のウイルスパックをここにいるマーメイに渡した。マーメイは疑いもしないで、この工場の仲間宛に送りつけた」

「……ほかにやりようがなかったんだ」

邦夫はようやく認めた。

「610の連中の動きを見て、おまえは震え上がった。あそこまで、徹底して水天法を追い込むとは夢にも思わなかった。このままでは、自分まで殺されると思い込んだ。助かる方法はひとつしかない。610へ寝返る。その証明として、ウイルス強奪犯の生き残りを自殺に見せかけて辰巳埠頭で殺した。それを手みやげにして、610側にウイルスを献上すると申し出たわけだ」

「なんてやつ」

マーメイが怒りにまかせて地団駄を踏んだ。

「おまえ……連中の恐ろしさを知らないんだ」

邦夫が洩らす。

「知っている」矢島は言った。「中国本土ではもっと恐ろしいことを平気でするような組織だ」

「だったら……わかるだろ。にっちもさっちもいかなくなったんだ」

「とんだヤマに関わり合ったもんだな、おまえも」

「他人事みたいに言うな。おまえこそ、どうなるかわからんのか？」

邦夫は責めるような口調で言った。

「このまま、ここで氷漬けされるわけにはいかない」

「じゃ、どうするんだよ。どうやって、ここを出るんだよ」

泣きながら邦夫は言う。

矢島は履いている靴の踵を、斜めの角度で床に打ちつけた。

何度かすると、ヒールの部分がずれて、光るものが現れた。カミソリだ。

それをつかみだし、麻のロープを切れと邦夫に命令した。

邦夫は横向きに床に倒れ、どうにかカミソリをつかみ出して、矢島の体を縛り付けているロープを切った。

両手が自由になった。足の麻紐も切る。

マーメイと邦夫のロープも切ってやった。

マーメイは邦夫に挑みかかろうとしたが、体力が失われていて、床にしゃがみ込んだ。

邦夫はよろけながら、ステンレス製の扉にとりつき、全力で引いた。扉は閉まったままだ。

とにかく、ここを出なくては。このまま、一時間もいれば凍死してしまう。外にいる連中はその気だ。手を汚さず、じわじわと殺す腹だ。

改めてあたりを見やった。

アジやイワシの冷凍加工品が段ボール箱に詰め込まれ、ラックの中にすき間なく押し込まれている。ざっと見て、十種類以上ある。

アメリカでも大型倉庫で仕事をしたことはある。

そのとき得た知識を思い起こしながら、倉庫内を見て回った。

広い。フォークリフトが動き回れるように、通路も広くとられている。

むき出しになった両手が、痛みを通り越して、しびれてきた。

うめき声が聞こえて、そこに走った。

臘(ろう)のような青白い顔で、マーメイが手を差し伸べてくる。

そのまま、力なく床に倒れ込んだ。

抱き起こして壁にもたれかけさせる。

「邦夫、箱を引きずり出して、段ボールを床に敷け。その上にマーメイを載せろ」

邦夫はしぶしぶ、目の前にある棚にとりついた。

サンマの甘露煮(かんろに)が積まれている。箱は上から下まで、厚いフィルムで覆われていて、ひと箱だけでは、容易に取り出せない。

「で、できねえよ」

「命が惜しかったら、食いちぎれ」

邦夫の前にカミソリを落とした。

それを拾い上げて、邦夫は荷をほどきにかかった。

加工品は種類ごとにパレットと呼ばれるプラスチックの荷台の上に積まれてある。天井のところどころに、双眼鏡のような形をした電波中継器が付いていた。

SS無線で荷の入出庫をしていると見て間違いない。

ならば——

ラックの中を覗きこみ、床を這いつくばった。

肺に染みいる冷気のせいで、息をするのも苦しい。

少しずつ息を吸って吐く。

冷凍庫の出入り口近くだ。サバ味噌(みそ)煮のパッケージの棚に、テレビのリモコンを大きくしたようなものがはさまれてあった。

手を伸ばしてそれをとる。

荷さばき用のハンディーターミナルだ。

電源（ｐｗ）キーを押すと小さな液晶表示部が点灯した。

四つあるファンクションキーを順繰りに押してみる。

二度目に出庫用と表示された。

あとは製品のバーコードを読み取り、出庫個数を入力すればいい。この冷凍倉庫は二十四時間、システムが稼働しているはずだ。うまくいけば……。

矢島は棚を見た。なるたけ重いほうがいい。

我慢も限界だ。

ツナ缶の棚がある。パレットの上に、十センチほどの厚さの箱が八個重なっている。入り口にも近い。これがいい。

ハンディターミナルの出庫データを〝8〟と入力する。それから、ツナ缶のバーコードをハンディターミナルで読みとった。

〈次へ〉

のサインが出て、天井の無線中継器に向けてＯＫボタンを押す。

ステンレスの重たい両開きの扉が、ゆっくりと開きはじめた。

パッとこちらを邦夫がふりむいた。

「マーメイを連れて、おれについてこい」

矢島は言うと、床に落ちているサンマ缶をいくつか拾い上げた。

頭だけ出して外を眺める。

邦夫は、マーメイとともに前室に転がり出た。

そこは冷凍庫とトラックを横着けするドックシェルターの前室になっていた。

いま、トラックは一台だけだ。いちばん端に尻から突っ込む形で停まっている。運転手はいないようだ。薄暗い明かりが高い天井に灯っている。

「もう一度訊く、ウイルスはどこへやった？」

矢島が呼びかけるのと同時に、人の声が響いた。加工場に続く通路に統率の取れた動きをする男らが現れた。四人だ。みな、スーツを着込んでいる。

６１０の連中だ。

冷凍庫の中での自分たちの動きを把握していたに違いない。

銃や木刀のようなものを手にしている。

「邦夫」矢島はふりかえった。「逃げるぞ」

邦夫には矢島の言葉が届いていなかった。

ぐずぐずしていられない。

目の前にフォークリフトがあった。頑丈そうな黒いタイヤが付いている。

矢島は運転席に飛び乗った。マーメイを引き上げて、となりに乗せる。

「狭いが我慢しろ」

マーメイが上目遣いでうなずいた。

様子を窺いながら、男たちが近づいてくる。

邦夫に声をかけ、運転席の背中側に乗るように指示する。

エンジンをかけた。左手でハンドルをグリップする。

男たちのひとりが目の前に来た。

一気にバックする。邦夫が矢島の肩に顔をぶつけた。

「死にたくなけりゃ、しがみついてろ」

言いながら、もう一度、冷凍倉庫の中に入った。一番手前にあるツナ缶のパレットにツメを入れて持ち上げ、バックで倉庫から出る。

男らの中のひとりが銃をこちらに向けた。

拳銃を撃つ音が響いた。フォークリフトのマストに当たる。

ツナ缶のパレットを一メートルほど持ち上げ、遮蔽(しゃへい)させた。

アクセルを踏み込む。十メートルとかからず、二速にギアチェンジする。

首を横に出して前方を窺う。

三人ほど同時に銃撃してきた。右手だ。

そこに向かって突っ込んだ。

よけきれなかった男がマストに当たり、横様に倒れ込む。

拳銃が床に転がった。
加工場の通路から、棒きれを持った男たちがやってきた。
その中にブーツの男がいた。
矢島は運転しながら、ツナ缶の荷を覆うビニールをカミソリで切り裂いた。
男らが近づいてくる。
五メートル、三メートル……
マーメイの体を足で押さえ、ブレーキを踏んだ。
勢いのついたツナ缶の段ボール箱が男らに向かって飛んでいく。
ふたりがもろに当たり、床に倒れた。
残ったひとりが拳銃をとりだす。
フォークリフトのツメを下ろしながら、アクセルを踏み込む。
方向を微調整して男に突進した。
突っ立った男が銃口を矢島に向けた。
アクセルを目一杯押し込む。
拳銃が火を噴くと同時に、ツメが男の腹に食い込んだ。
そのまま、壁に向かって勢いをつける。
衝突に近かった。壁とツメにはさまれた男は、だらりと体を床に横たえたきり動かなくなった。
後方から、銃弾が降りかかってきた。
邦夫が運転席にしがみつく。
百八十度向きを変えた。
「ウイルスはどこなんだ？」
怒鳴り声を上げて邦夫に訊いた。
「テツだ」
邦夫は言った。
テツ……池袋にある邦夫のオフィスにいた男か？
「頭を低くしていろ」
前方から飛んでくる銃弾をよける遮蔽物はない。
目一杯、スピードを上げ、ジグザグに走った。
銃弾がやんだ。向こうから一台のフォークリフトが走り込んでくる。
チキンレースをするつもりか。
背後にいる男たちが高みの見物を決め込んでいる。
合図したら運転を代われと邦夫に言った。
マーメイが激しい息づかいをしていた。肩のあたりが赤黒く裂けて血が噴き出ている。

弾が当たったのだ。

相手はみるみる近づいてくる。

二十メートル、十五メートル、十メートル、五メートル――

かっと目を開けたまま、ハンドルを握りしめた。

根負けしたのは相手だった。

ツメ同士が当たる音がした。相手は向かって右手へハンドルを切った。矢島は腰を浮かせて、運転席から立ち上がった。

相手のフォークリフトが真横にきたとき、思いきり跳躍（ちょうやく）した。

運転席にいた男に組みついた。銃を奪い取る。

男を蹴り落とした。

運転席に移って急制動をかけた。逆ハンドルを切る。

床をドリフトして三メートル滑った。自分たちの乗っていたフォークリフトのわきに横付けする。

男から奪ったヘッケラーからマガジンを抜いた。まだ、五発は残っている。

「ついてこい」

矢島の呼びかけに応じた邦夫がハンドルにしがみついた。

矢島が弾よけになる形で、二台が連なって前方に進んだ。

一気にアクセルを踏み込む。
前方に散らばる男たちに、ひとりずつ照準を合わせる。
引き金を引いた。
続けざまにふたり倒れた。
相手側に動揺が走った。
一斉に物陰に隠れたり、冷凍倉庫に入ったりする。
耳元を銃弾がかすめた。ふりむいて、二連射する。
男がもんどり打って床に倒れ込む。
耳をつんざくような機銃音が響いた。
横の壁に連続して穴が開く。
いまになって誰が……。
ブーツの男が目を赤くはらして小型機関銃を構えていた。ウジだ。
矢島は最後に残った一発を放った。
はずれた。
ブーツの男がにやついて、ウジをゆっくり引き上げた。
一連射あった。
フォークリフトのツメのあたりを狙ったようだ。

わざと外しているのだ。

矢島はアクセルを踏み込んで、走り出した。

男はべつのフォークリフトに乗り、追いかけてきた。

うしろに、邦夫が運転するフォークリフトがついてきている。

加速する。

迷わず冷凍倉庫の中に入った。いっぺんに体が冷える。

棚沿いにスピードをゆるめず走った。奥まで行ったところで、ふりかえる。

ウジを持った男はゆっくりと近づいてくる。余裕綽々(しゃくしゃく)だ。

矢島は怒鳴り声を上げて、アクセルを押し込んだ。スペースを回り込み、反対側の棚の端に向かった。出口を目指して走った。

「離れるな」

ウジの鈍い掃射(そうしゃ)音が響く。

フォークリフトの運転席の右上にある液晶操作パネルを見やる。

頭を低くしながら、ハンドルを握りしめた。あと五メートルで出口だ。
３、２、１——
出たと同時にパネルの閉ボタンを押した。

閉まりかかる扉から、かろうじて邦夫のフォークリフトが飛び出してきた。

三台目が出てくる寸前、扉は左右から閉じられた。

フォークリフトを停める。

背広姿の男がふたり、目の前で待ちかまえていた。

矢島はフォークリフトから降りて、ふたりのあいだに立った。

前にいた男が拳を放ってきた。

よけながら、右足を突き出した。男の顔面を蹴った。そのまま回転して、うしろにいた男の顔をかかとで蹴り上げた。

奇声とともに背後から殴りかかってくる男がいた。とっさにふりむく。

頭すれすれのところで、男の肘をつかみ、左手を添えて男の関節を逆にとった。そのまま前方に押しやった。あっけなく転がる男のうしろから同じように、別の男が上段からパンチを放ってきた。

さっと右によけ、男の右肩に手刀を叩き込む。

すきができた腰元に別の男が両手をからませてきた。

腰を回して、反動をつける。離れかけた男の腕をとり、顔近くまでふりあげてから、前方にひねった。回転しながら男の体が倒れ込む。

加工場から別の集団がやってくる。背広を着ていない。そのうちのひとりの胸元に十字架が光っているのが見えた。水天法が駆けつけたのか？

邦夫とマーメイが乗るフォークリフトがいなくなっていた。

頭上に銃弾が飛んできた。狙われている。

逃げ場がなかった。

フォークリフトに乗った。ブレーキペダルを踏みながら、アクセルペダルを押し込む。

最大限の負荷をかける。ブレーキペダルに置いた足を離す。

フォークリフトは弾かれたように走り出した。回廊を一気に走り抜け、途中から斜めに切り込んだ。ドックシェルターに向かって飛んだ。

宙に浮かんだ。

一段下がったコンクリート床が近づいてくる。

着地の衝撃に備えて腰を浮かせる。エンジン部分のある後部が沈み込む。

リアから先に固い床に当たった。

ついでタイヤ。そして、フロントへ衝撃が走った。

最後にマスト部分が接地する。前方へ体を持っていかれた。ハンドルにしがみつく。

ようやく、四つのタイヤが着地した。

勢いをかったまま、シェルターにぶつかっていく。

左右にそれは開いた。生暖かい空気を感じる。

加工場前の路上に出ていた。

フォークリフトを停めて、自分が出てきたあたりを窺った。
しばらくそこで待った。
邦夫のフォークリフトが現れる気配はなかった。逃げおおせなかったのか。
それとも捕まったのか。
サイレンの音がした。パトカーが数珠(じゅず)つながりになって走り込んでくる。
矢島はフォークリフトから降りた。ドックシェルターから、倉庫の中に入った。
あれほどの大人数が失せていた。冷凍倉庫の扉は開いたままで、人気はなかった。
邦夫とマーメイが乗っていたフォークリフトが壁際に停まっていた。
人はいなかった。
警官が姿を見せた。銃を構えていた。
矢島は両手を上げた。無抵抗の姿勢をとる。
三人がかりで壁に押さえ付けられた。
身分と名前を口にする。照会するあいだ、続々と警官が入ってきた。
矢島は空になった倉庫を見つめるしかなかった。

21

池袋の街はひっそりとしていた。午前四時を回っていた。

〝东西貿易（ドンシ）〟の入居しているタバコ屋のビルの前にランクルを停めて、二階に上がった。チャイムを鳴らした。応答はなかった。

鉄製の頑丈なドアを三回蹴った。ほんの数ミリ、ドアが開く気配がした。

体ごと当たって、ドアを押し開いた。Tシャツに短パン姿の川辺哲夫が寝ぼけ眼であとずさりした。

様子から見て邦夫からの連絡はないようだ。

矢島は用件を話した。

川辺は意味がつかめないらしかった。

「もう一度訊く。四日前だ。邦夫がこれくらいのタックルバッグを持っているのを見たか？」

矢島は手ぶりをまじえて問いただした。

「そんなもん、見てねえすよ」

ほんとうのようだ。

その日、なにか変わったことはなかったかと聞き直した。

「あ、そういや、いつもおれが集金に行くんだけど、あの日はたしか……社長が」

「みかじめ料をとりにか？」

「ええ。その日、一軒だけですけど」

矢島は川辺の腕をとり荒々しくランクルに乗せた。

そこは池袋駅北口のビジネスホテル街にある四階建ての雑居ビルだった。一階は日本の会席料理店。ビルの二階には、北京火鍋と書かれた中華料理のメニューがびっしりと張り出されている。

その前でしばらく待っていると、パジャマの上にガウンを羽織った禿頭の男が背中を丸めるように歩いてきた。

その男に、

「林徳淳(リンダチウン)か」

と呼びかけた。

北京火鍋のオーナーだ。この近くのマンションに住んでいるのを呼び出したのだ。

小太りだ。六十過ぎだろう。カネには汚いが、人はよさそうな顔付きだ。

「もうかっているか?」

矢島が声をかけると、どう答えていいのかわからない感じで、林は川辺を見た。

「おやじ、なんでも訊かれた通り、話せ」

川辺が言うと。半信半疑の顔で林はうなずいた。

「花岡邦夫とのつきあいは古いな?」

矢島が訊くと、林は少しばかり納得した顔で、

「ああ、四年前に店を開いたときからだけど」

「安心してもらっていい。おれは邦夫の古くからの友人だ。わかりやすく言えば、中国残留孤児の仲間だった」

林の顔にどことなく安心感が広がる。

「最近、邦夫から電話があったか？」

立て続けに訊いた。

「花岡から？　ないね」

「彼とは。いざこざもなかった？」

林は川辺の顔に一瞥をくれてから、矢島の顔を覗きこんだ。

「まあ……ないよ」

「ならいい。ふだんは、ここにいる川辺が月に一度、集金に来るそうだな？」

「それくらいだ」

「四日前だ。川辺ではなくて、邦夫本人があんたの店に行かなかったか？」

「来たよ」

矢島は耳をそばだてた。

「明け方に来たけどね。うちに」

「店じゃなくて?」

林はうなずいた。「ちょうど、いまぐらいだったかな」

「カネの集金に家まで来た?」

「そうじゃなくて。でも、なにかせっぱ詰まっているみたくて。カネを用意してたら、もう要らないって言うんだ。代わりに預かってくれって頼まれたんだよ」

「青いバッグ?」

わかっているのかという顔で林はうなずいた。

「それはいまどこにある?」

「店の冷蔵庫」

矢島は林を急かせて、店を開けさせた。

冷凍庫は店の厨房の中華レンジの奥手にあった。

二メートル近くあり、四つの扉がついている。左側の二段が冷蔵室で、右上が冷凍室、その下がチルド室だ。

林は左下の冷蔵室を開けて、凍りかけたエビのパッケージをのけると、下から青い物が見えた。このおかげでだいぶ食材をだめにしたよ、と不平を漏らしながら、林はタックルバッグをとりだした。

中央のステンレステーブルの上に置き、ふたを開いた。

左右を発泡スチロールと冷却剤にはさまれた中に、太めの試験管が五本入っていた。テーピングされた緑色の蓋がついていて、十センチほどだ。ピンク色の培養液が底から三センチのところまである。

Ｈ５Ｎ１ｋ６と印刷されたラベルが貼られていた。

間違いない。

邦夫はウイルス強奪犯からこのウイルスを預かり、ここで保管させていたのだ。

冷却剤はまだ十分に冷え切っていた。ウイルスの運搬は、最低でもマイナス四度以下でなければならない。ドライアイスを譲り受け、隙間に入れた。これで十分だろう。矢島は礼を言うと、説明を省略して厨房から飛び出した。

22

広尾グランヒル。

早朝にもかかわらず、レストラン・ポーツマスは、軍服姿の軍人たちで引きも切らなかった。来る途中、ずっと警察や軍関係の無線を傍受したが、沈黙のままだった。事態はより深刻なほうへと傾いていると思わざるを得ない。

奥まった席で、矢島は、デザートのチョコレート・ボムをスプーンですくい口に含んだ。すでにメインのポーターハウスのステーキは平らげている。

一晩分の疲れが出てきた。眠気に襲われる。

意識が遠のいたとき、ストライプスーツに身を包んだイザベラが現れた。

家出をしていた息子が帰ってきたような感じで、矢島の手の甲に手のひらを重ねる。

「ありがとう。取り戻せたわ」

席につきながら、ゆっくりとイザベラは言った。

「間違いではないよな」

用心深く訊いてみる。

イザベラは両手を目の前で交差させ、

「百パーセント、間違いないわ」

「元の持ち主の手に戻ったわけだ」

「そうなるかしら」

「いまさらとぼけるな」

「そうよね。宮木にもよろしく伝えておいて」

晴れ晴れしい顔を装っているものの、イザベラは依然として悩み事は解決していない顔付きをしている。

「一難去ってまた一難……わかるでしょ」

あたりの制服に目をやりながら、イザベラは言う。

「潜水艦？」

言うと、イザベラが苦々しい顔でうなずいた。

「まだ、津軽海峡の底に沈んでいるようだが」

「一センチも動かない」

「日本政府にとって、困った事態だな」

着底している場所は、公海にあたる海域だから、全没航行しても、国際法上は許される。しかし、止まったままでいるのはどうか。――前例がない。

矢島はナプキンで唇を拭いた。「ひとつ確認しておきたい」

イザベラは浮かない顔で矢島をふりかえる。

「三亜ホテルで発生したインフルエンザは、強奪されたインフルエンザと同一の物であると見ていいんだな？」

「サンプルが届いていないから未確認だけど、症状から見て間違いないわ。中国政府のあわてぶりが証明している。なにか気になるかしら？」

「あのウイルスが出来上がったのは、日本の私立大学の研究室だ。それとまったく同じ型のウイルスが十日前に自然発生した。しかも、三千五百キロ離れた中国の軍都に」

イザベラはすぐピンと来たようだ。「ロン、あなたうちが仕掛けたと思ってるの？」

「ウイルス強奪のバカ騒ぎは別にして、そう考えれば論理的に筋が通る」

イザベラは困った顔で、

「ロン、それはない。あり得ないのよ」

矢島はイザベラを見つめた。

「信じてもらうしかない」イザベラは続ける。「そんなことをしてアメリカになんの利益があるというの？」

気色ばんだところを見ると、うそでもないようだ。

「かりに、三亜ホテルで流行ったインフルエンザウイルスがH5N1k6としよう。中国政府としても、その出所は最低限、確認しなければならない」

イザベラは呆気にとられたような顔で矢島を見返した。

「今回のウイルス強奪が、中国政府の差し金だと言いたいの？」

「可能性としてはある」

「610も水天法も、同じ目的で動いたって？　ばかばかしい」イザベラは一蹴した。

「それより沈んだ原潜。いま、閣議で津軽海峡全体を領海指定するかどうか揉めているわよ」

「指定すればいい」

「わたしもそう思っている。この事態を解決するにはそれしかない」

津軽海峡が日本の領海であると宣言すれば、その時点で潜水艦は、領海内にいることになる。ただちに浮上し、母国の旗を揚げて通過しなければいけない。

「難しくはない。総理大臣がそう言えばその時点で、津軽海峡は領海として成立する」

いまこの瞬間にでも可能なのだ。

「でもなかなか、出さない。大統領が、しつこく要請しているにもかかわらず」

イザベラの目が濁った。

くだらない駆け引きで、目前にある重大事項が決着できないためだ。

「アメリカの大統領もずいぶん、親身なものだな」

イザベラは思案げな顔で、ポケットからスマホをとりだした。矢島に見せないよう注意深く操作してから、五インチの画面を見せた。

覗きこむと、黒っぽい物体が映り込んでいる写真だった。しわのように白っぽく見えるのは波頭だ。浮上して航行している潜水艦だ。

艦橋のうしろだ。左右に六つずつあるハッチが開かれて、その中に赤っぽい小さな点が見える。

「４０８号？」

矢島が小声で訊くと、イザベラはうなずき、画面をタップした。

撮影場所がリンクされ表示される。

そこは日本海の鬱陵島（うつりょうとう）の北東二百キロ。日本海のほぼ中央だ。

撮影日時は三日目の午前九時二十二分。

「日本政府にも通告していないけど、実は一度だけ、408の捕捉に成功したときがあったの。このときに」

「赤外線衛星ではなくて?」

「それが奇妙なの。うちの低軌道衛星（SBIRS-Low）がまさに上空を通過したとき、408が浮上したの。いまのは写真だけど、近くにいた無人偵察機が撮った動画もあるわ」

「この浮上は中国海軍も把握している?」

イザベラは首を横にふった。「わずか、四分足らずのあいだの出来事なの。無線交信もやろうと思えばできたのに、まったくしていない」

これは何か意味がある行動なのか?

「衛星で位置が特定され、グローバルホークで撮られるのを知っていて、あえて浮上したとは考えられないか?」

矢島が訊くとイザベラは意味ありげにうなずいた。

「その可能性があるの」

ますます、理解ができなくなった。

「もしそうだとしたら、ハッチを開けた意味は?」

「そのときは、単なるデモンストレーションと思っていたのよ。でも、うちの国防総省(ペンタゴン)は違う見方をとっている」

イザベラは爪楊枝(つまようじ)を二本つまみ上げた。テーブルのフルーツボックスからリンゴを取り出し、おもむろに一本の爪楊枝をリンゴの真ん中から、やや上のところに刺した。

「ここが、津軽海峡」

矢島はその手付きを見守った。

イザベラは、反対側の同じあたりに楊子を刺した。

「こちらがワシントン」

リンゴを地球に見立てているようだ。

「ちょうど、一万キロあるわ」

「遠いな」

イザベラは津軽海峡の位置から、少しだけ上に楊子をずらした。

「この海峡を通り越すことができれば、簡単にベーリング海へ抜けられる」

「そうだな、アラスカまで、あっと言う間に近づける。とすれば……」

イザベラは深刻そうな顔で続ける。「ワシントンが中国の潜水艦弾道ミサイルの射程に入る」

それこそ、アメリカがもっとも嫌うことではないか。

中国が太平洋に出るには、南太平洋を迂回するしかない。しかし、津軽海峡を通過するルートができれば、いつでもアメリカの喉元にナイフの切っ先を当てることが可能になる。中国はそれを見越して、冒険に打って出たのか。

イザベラはスマホをしまった。

「ごめんなさい。あなたには関係ないわね」

「そうでもないさ」

矢島はリンゴをとりあげた。

「あなたの口座に十万ドル、振り込んだわ。領収書は不用よ」

「礼を言うべきかな」

「その必要はないわ」イザベラは言葉遣いを改めた。「大統領に代わって、感謝の意を表します」

「わかった」矢島は答えた。「食後酒をもらおうか」

「なにがいい？」

「思いきり強いのを頼む」

「グラッパでいいかしら」

「それを」

キューバ産の葉巻を口でカットして、ライターの火で炙った。

ゆっくり吸いつけながら、運ばれてきた透明な液体を口に含む。
強いアルコールとともに渋い香華(こうげ)が口中に広がった。

（了）

参考文献

新・マフィアの棲む街　吾妻博勝　文春文庫
潜入ルポ 中国の女　福島香織　文春文庫
黒社会の正体　森田靖郎　文庫ぎんが堂
新型インフルエンザの真実　外岡立人　中公新書ラクレ
中国高官が祖国を捨てる日　澁谷司　経済界新書
暴力団のタブー　溝口敦ほか　宝島ＳＵＧＯＩ文庫
とっさに使える！護身術　早川光由　愛隆堂
日本近海海底地形誌―海底俯瞰図集　茂木昭夫　東京大学出版会

この作品はフィクションで、実在する個人、団体等とは一切関係ありません。本書は書き下ろしです。

中公文庫

コントラクト・エージェント
C　A ドラゴン

2014年8月25日　初版発行

著　者　安東能明（あんどうよしあき）

発行者　大橋善光

発行所　中央公論新社
〒104-8320　東京都中央区京橋2-8-7
電話　販売 03-3563-1431　編集 03-3563-2039
URL http://www.chuko.co.jp/

DTP　平面惑星
印　刷　三晃印刷
製　本　小泉製本

Published by CHUOKORON-SHINSHA, INC.
Printed in Japan　ISBN978-4-12-205992-4 C1193

中公文庫既刊より

各書目の下段の数字はＩＳＢＮコードです。978－4－12が省略してあります。

さ-65-1
フェイスレス　警視庁墨田署刑事課特命担当・一柳美結　沢村鐵
大学構内で爆破事件が発生した。現場に急行する墨田署の一柳美結刑事。しかし、事件は意外な展開を見せ、さ[illegible]
2[illegible]5804-0

さ-65-2
スカイハイ　警視庁墨田署刑事課特命担当・一柳美結2　沢村鐵
巨大都市・東京を瞬く間にマヒさせた〝Ｃ〟の目的、正体とは⁉　警察の威信をかけた天空の戦いが、いま始まる‼　書き下ろし警察小説シリーズ第二弾。
205845-3

さ-65-3
ネメシス　警視庁墨田署刑事課特命担当・一柳美結3　沢村鐵
人類救済のための殺人は許されるのか⁉　日本警察、そして一柳美結刑事たちが選んだ道は？　空前のスケールで描く、書き下ろしシリーズ第三弾‼
205901-6

さ-65-4
シュラ　警視庁墨田署刑事課特命担当・一柳美結4　沢村鐵
八年前に家族を殺した犯人の正体を知った美結は、復讐鬼と化し、警察から離脱。人類最悪の犯罪者と対峙する日本警察に勝機はあるのか⁉　シリーズ完結篇。
205989-4

と-26-9
ＳＲＯ Ⅰ　警視庁広域捜査専任特別調査室　富樫倫太郎
七名の小所帯に、警視長以下キャリアが五名。管轄を越えた花形部署のはずが――。警察組織の盲点を衝く、連続殺人犯を追え！　新時代警察小説の登場。
205393-9

と-26-10
ＳＲＯ Ⅱ　死の天使　富樫倫太郎
死を願ったのち亡くなる患者たち、解雇された看護師、病院内でささやかれる『死の天使』の噂。ＳＲＯ対連続殺人犯の行方は。待望のシリーズ第二弾！　書き下ろし長篇。
205427-1

と-26-11
ＳＲＯ Ⅲ　キラークィーン　富樫倫太郎
ＳＲＯ対〝最凶の連続殺人犯〟、因縁の対決再び‼　東京地検へ向かう道中、近藤房子を乗せた護送車は裏道へ誘導され――。大好評シリーズ第三弾、書き下ろし長篇。
205453-0

と-26-12
SRO Ⅳ 黒い羊
富樫倫太郎
SROに初めての協力要請が届く。自らの家族四人を殺害して医療少年院に収容され、六年後に退院した少年が行方不明になったというのだが——書き下ろし長篇。
205573-5

と-26-19
SRO Ⅴ ボディーファーム
富樫倫太郎
最凶の連続殺人犯が再び覚醒。残虐な殺人を繰り返し、日本中を恐怖に陥れる。焦った警視庁上層部は、SROの副室長を囮に逮捕を目指すのだが——。書き下ろし長篇。
205767-8

ほ-17-1
ジウⅠ 警視庁特殊犯捜査係
誉田哲也
都内で人質籠城事件が発生、警視庁の捜査一課特殊犯捜査係〈SIT〉も出動するが、それは巨大な事件の序章に過ぎなかった！ 警察小説に新たなる二人のヒロイン誕生!!
205082-2

ほ-17-2
ジウⅡ 警視庁特殊急襲部隊
誉田哲也
誘拐事件は解決したかに見えたが、依然として黒幕・ジウの正体は掴めない。捜査本部で事件を追う美咲。一方、特進をはたした基子の前には謎の男が！ シリーズ第二弾。
205106-5

ほ-17-3
ジウⅢ 新世界秩序
誉田哲也
〈新世界秩序〉を唱えるミヤジと象徴の如く佇むジウ。彼らの狙いは何なのか？ ジウを追う美咲と東は、想像を絶する基子の姿を目撃し……!? シリーズ完結篇。
205118-8

ほ-17-4
国境事変
誉田哲也
在日朝鮮人殺人事件の捜査で対立する公安部と捜査一課の男たち。警察官の矜持と信念を胸に、銃声轟く国境の島・対馬へ向かう。〈解説〉香山二三郎
205326-7

ほ-17-5
ハング
誉田哲也
捜査一課「堀田班」は殺人事件の再捜査で容疑者を逮捕。だが公判で自白強要の証言があり、班員が首を吊った姿で見つかる。そしてさらに死の連鎖が……誉田史上、最もハードな警察小説。
205693-0

ほ-17-7
歌舞伎町セブン
誉田哲也
『ジウ』の歌舞伎町封鎖事件から六年。再び迫る脅威から街を守るため、密かに立ち上がる者たちがいた。戦慄のダークヒーロー小説！〈解説〉安東能明
205838-5

各書目の下段の数字はISBNコードです。978－4－12が省略してあります。

や-53-1　もぐら　　矢月秀作

こいつの強さは規格外――。警視庁組織犯罪対策部を辞し、ただ一人悪に立ち向かう「もぐら」こと影野竜司。最凶に危険な男が暴れる、長編ハード・アクション。

205626-8

や-53-2　もぐら　讐　　矢月秀作

警視庁に聖戦布告！　影野竜司が服役する刑務所が爆破され、獄中で目覚める〝もぐら〟の本性――超法規的、過激な男こそが美し[illegible]

205655-8

や-53-3　もぐら　乱　　矢月秀作

女神よりも美しく、軍隊よりも強い――次なる敵は、中国の暗殺団・三美神。影野竜司が新設された警視庁特務班とともに暴れ回る、長編ハード・アクション第三弾。

205679-4

や-53-4　もぐら　醒　　矢月秀作

死ぬほど楽しい殺人ゲーム――姿なき主宰者の目的は、復讐か、それとも快楽か。凶行を繰り返す敵との、超法規的な闘いが始まる。シリーズ第四弾！

205704-3

や-53-5　もぐら　闘　　矢月秀作

新宿の高層ビルで発生した爆破事件。爆心部にいた被害者は、iPS細胞の研究員だった。新細胞開発に蠢く闇に迫る！　シリーズ第五弾。

205731-9

や-53-6　もぐら　戒　　矢月秀作

首都崩壊の危機！　竜司の恋人は爆弾とともに巻き付けられ、警視庁にはロケット弾が打ち込まれた。国家を、そして愛する者を救え――シリーズ第六弾。

205755-5

や-53-7　もぐら　凱（上）　　矢月秀作

勝ち残った奴が人類最強――。首都騒乱の同時多発テロから一年。さらに戦闘力をアップしたシリーズ史上最強の敵が襲いかかる！　〝もぐら〟最後の闘い。

205854-5

や-53-8　もぐら　凱（下）　　矢月秀作

勝利か、死か――。戦友たちが次々に倒されるなか、遂に〝もぐら〟が東京上陸。日本全土を恐慌に陥れる謎の軍団との最終決戦へ！　野獣の伝説、ここに完結。

205855-2